유튜버 전쟁

"그럴듯한 변명으로 악행을 감쪽같이 정당화하는
인터넷상의 익명들로부터 상처받은 모든 이에게 이 소설을 바칩니다."

_아르튀르 테노르

유튜버 전쟁

아르튀르 테노르 지음 | 김자연 옮김

라임

차 례

6.2천 132 공유 저장 ...

힙걸 에이미

에이미는 짜증이 한껏 치민 것처럼 인상을 팍 쓰다가, 대뜸 치아가 다 드러나도록 입을 활짝 벌리고 웃음을 터뜨렸다. 티 하나 없이 새하얀 이가 반짝반짝 빛났다. 그러다 갑자기 자세를 고쳐 앉고는 버럭 화를 냈다.

"그만 좀 움직여! 내 얼굴이 안 보이잖아."

거울을 받쳐 들고 있던 크리스텡의 작고 하얀 두 손에 힘이 빡 들어갔다. 에이미는 거울 속에 비친 자신의 얼굴을 바라보며 다시 자아도취에 빠졌다.

"조금만 더 위로 올려! 나, 지금 뒤로 물러나 있잖아. 어쩜 그렇게 말을 한 번에 딱딱 못 알아듣니? 됐어, 그만! 이제 더 움직이지 마."

에이미는 거울을 보며 얼굴을 꼼꼼하게 확인하고는, 밝은 갈색 머리칼이 단정해 보이도록 요리조리 매만졌다. 화상은 한 듯 안 한 듯 가볍게. 볼록 튀어나온 이마와 오똑하게 솟은 코, 그리고 발그레하게 물든 뺨이 촬영 중에 번들거리지 않도록 가다듬었다. 립스틱을 바르지 않아도 붉게 반짝거리는 하트 모양의 도톰한 입술은 에이미 스스로 첫손을 꼽는 매력 포인트였다.

에이미는 마지막으로 점검하듯 입술을 앞으로 쭉 내밀었다가 오므리면서 이렇게 말했다.

"됐어, 완벽해! 이제 촬영하자."

에이미의 방은 그야말로 스튜디오 그 자체였다. 무대에 오르기 전, 스타가 머무는 대기실처럼 하�고 커다란 화장대가 한쪽 벽면에 자리 잡고 있었다. 모두 손재주 좋은 아빠가 만들어 준 것이었다.

에이미는 얼굴을 살짝 돌려서 왼쪽 옆얼굴이 보이게끔 자세를 잡았다. 그러니까 지금 여기는 유튜브 스타 '힙걸 에이미'의 대기실! 지금 에이미는 팬들을 맞이하기 직전인 셈이다.

"자, 집중해. 셋, 둘, 하나……, 시작!"

에이미의 조력자이자 유튜브 스타의 도우미, 실질적으로는 혼자서 모든 일을 해내는 매니저이면서 부수적으로는 반에서 가장 친한 친구인 크리스텡이 시작 사인을 주었다.

에이미는 흰색 조명으로 둘러싸인 대형 사각 거울 앞에서 한껏 치장

하는 척을 하다가, 왼쪽으로 고개를 슬쩍 돌리며 카메라를 바라보았다.

"어머, 왔구나! 안녕? 이렇게 와 줘서 정말 기뻐."

에이미가 상냥하게 미소를 지으며 말했다.

"마침 잘 왔어. 오늘 완전 멋진 뷰티 팁을 보여 줄 거거든. 내가 알려 주는 팁 하나만 있으면 남자애들한테 금방 인기가 많아질 거야. 아무 남자애들 말고. 못생긴 애들은 안 되는 거 알지? 하하! 농담이야. 못생긴 애들도 괜찮아. 자, 그럼 시작할게."

에이미는 카메라를 빤히 바라보며 잠시 말을 멈췄다가, 갑자기 왼손 검지를 보여 주며 과장되게 소리쳤다.

"짠!"

기다란 손톱에는 글리터가 섞인 분홍색 매니큐어가 발려 있었다.

"내 손톱, 어때? 완전 멋지지 않아? 근데 잠깐만, 이게 끝이 아니야……. 짜잔!"

이번에는 연한 초록색에 주황색 포인트 무늬가 들어간 엄지손톱을 들어 보였다.

"그리고 또……, 짠!"

에이미는 열 손가락을 물결이 일렁이듯 차례로 움직여 보였다. 손톱마다 색색의 매니큐어가 발려 있었고, 그 위에는 하나같이 큼직한 글리터가 반짝거렸다. 모두 다른 디자인이었는데, 한눈에 봐도 확 튈 만큼 화려했다. 에이미는 손가락을 카메라에 가까이 대고 말을 이었다.

“이것 좀 봐, 예쁘지? 매니큐어를 열 개나 샀냐고? 아니! 놀라지 마. 이 열 가지 색이 하나의 키트에 다 들어 있어. 바로바로……, 보레알 뷰티의 신상품 패키지, 파티 핑거 키트!”

에이미는 금색 별 모양으로 장식된 투명 플라스틱 상자를 꺼내 카메라 앞에 흔들어 보였다. 상자 안에는 다양한 색깔의 뚜껑이 덮인 작은 병 열 개가 들어 있었다. 이어서 ‘완전 대박 유행’인 이 매니큐어 세트 상품을 받기 위해 꼭 알아야 할 정보를 줄줄이 나열했다.

“자, 이제 오늘의 유혹 팁을 알려 줄게. 네가 길을 걷다가 인생의 남자를 마주쳤다고 상상해 보자. 정신을 잃게 만들 정도로 완벽한 너의 이상형을! 그때 첫 번째 목표는, 절대로 그 애를 겁주지 말 것! 겸손한 모습을 보여 줘. 그렇다고 너무 소심하게 굴면 안 돼. 바보 같은 애로 보일 수 있으니까. 무엇보다 네가 무용 경연 대회에서 언제 처음으로 상을 탔는지, 또 수영 시합에서 메달을 몇 개나 땄는지 같은 이상한 자랑은 절대로 해선 안 돼. 그 애가 자기 얘기를 하도록 만들어야 하거든. 그러려면 질문을 엄청 많이 해야겠지? 그 애의 모든 게 궁금한 것처럼 보여야 하니까…….”

에이미는 유혹 팁에 대해 한참 더 떠든 다음, 다시 한번 파티 핑거 키트를 카메라 앞으로 내밀며 “꼭이야, 꼭! 거기 너, 이거 안 사면 엄청 지질한 아이가 될걸." 하고 구매를 부추겼다.

"그럼 안녕! 다음 주에 만나! 알지? 언제나 월요일 오후 6시 정각에 여기, 채널 〈힙걸 에이미〉에서 내가 널 기다리고 있다는 거!"

에이미는 밝게 웃으며 손을 마구 흔들었다. 마지막 인사를 하고 몇 초 동안 멈춰 있다가, 작은 카메라의 빨간 불이 꺼지자 긴장이 풀린 듯 두 팔을 툭 떨어뜨렸다.

"후유! 크리스텡, 오늘 나 어땠어?"

"멋졌어."

크리스텡은 늘 그렇듯 심드렁한 표정으로 대꾸했다. 에이미가 입술을 삐죽거렸다.

"어디가 어떻게 멋졌는데? 성의 있게 좀 말해 봐! 넌 맨날 똑같은 말만 하잖아. 그거 진짜 짜증 난다고."

에이미가 싸늘하게 말하자 갑자기 정적이 흘렀다. 크리스텡은 양 끝이 날카롭게 올라간 에이미의 두 눈을 바라보다가, 용기를 짜내듯 짧게 심호흡을 하고서 힘겹게 입을 열었다.

"다 잘했는데……, 안 사면 엄청 지질한 아이가 될 거라는 말은 조금 심했던 것 같아."

"그렇지만 꼭 사라고 말하지 않으면 내가 엄청 지질해질 텐데? 너, 내가 이 제품을 유튜브에 홍보해 주는 조건으로 돈을 얼마나 많이 받았는지 알아?"

"몰라, 듣기는 한 것 같은데 잊어버렸어."

에이미는 어깨를 으쓱하고는 이렇게 말했다.

"하긴, 돈이 무슨 상관이야? 유튜브에 영상이나 얼른 올리자."

에이미는 자리에서 일어나 하나뿐인 친구를 다정하게 껴안았다.

"너의 영상 편집 실력은 정말 최고야, 크리스텡. 참, 거울 드는 건 빼고. 그건 진짜 어떻게 좀 해야겠더라."

두 친구는 서로의 얼굴을 마주 보며 웃음을 터뜨렸다.

크리스텡은 한 시간 남짓 완벽한 솜씨로 영상을 편집했다. 장면 곳곳에 특수 효과와 자막을 삽입하고, 몇 번의 모니터링을 거친 뒤 드디어 〈힙걸 에이미〉 채널에 영상을 업로드했다.

에이미는 영상을 올린 지 채 몇 초도 지나지 않았을 때부터 불퉁한 목소리로 불평을 늘어놓았다.

"뭐야, 조회 수가 안 오르잖아."

그러고는 한숨을 푹 쉬었다. 크리스텡은 애써 웃으며 에이미를 다독였다.

"당연하지. 아직 5시 58분이잖아."

"오, 이것 봐! 첫 번째 '뷰'!"

장난스럽게 윙크하는 에이미의 얼굴 아이콘 옆에 적힌 실시간 조회 수가 1로 바뀌더니 단숨에 622가 되었다.

"우아, 시작이다!"

에이미는 기뻐서 어쩔 줄을 몰라 했다.

정말로 대단한 속도였다. 이제 막 6시가 됐을 뿐인데 벌써 622명의 사람들이 에이미의 영상을 봤다는 얘기니까. 대부분은 에이미 또래의 중학생들일 터였다. 별일 없이 이대로만 간다면, 지난주처럼 48시간이 지나기 전에 20만 회를 달성하겠지?

조회 수 100만 회는 아직 멀었지만, 에이미에게 20만이라는 숫자는 100만만큼이나 의미가 컸다. 사실 일약 스타로 발돋움한 열여섯 살 유튜버의 꿈속에서는 이미 100만 회를 넘은 지 오래였다. 깨어 있는 순간조차 100만 회가 넘는 날만을 꿈꾸고 있었기에, 때로는 진짜로 100만 회를 돌파한 것 같은 착각이 들기도 했다.

"와! 믿을 수 없는 속도야. '좋아요' 개수 봤어?"

영상에 '좋아요'를 누른 사람은 벌써 72명이었다! 이제 댓글도 달리기 시작했다.

언니, 너무 예뻐요! 언니처럼 되고 싶어요.

어떻게 하면 이가 그렇게 하얘?

네 조언은 완전 쓰레기야, 네 얼굴도 쓰레기고!

에이미는 악플을 발견하고서 인상을 팍 찌푸렸다.

"저거 지워, 크리스텡. 빨리!"

크리스텡이 마우스를 몇 번 클릭하자 댓글이 깔끔하게 삭제되었다. 조회 수는 점점 빠르게 오르기 시작했다. 에이미의 뺨 위로 감동의 눈물이 흘러내렸다.

도전, 유튜브 스타

"또 시작이네."

아널드가 시무룩한 표정으로 잔뜩 헝클어진 금발 머리를 절레절레 흔들었다.

"뭐라고?"

티투앙은 이렇게 묻다가, 아널드의 시선을 따라 고개를 돌렸다. 그리고 아널드가 한 말이 무얼 뜻하는지 금방 알아차렸다.

학교 교문 근처에서 학생들 몇몇이 3학년 여학생 두 명을 에워싸고 있었다. 두 여학생은 티투앙과 같은 반이었다. 한 명은 갈색 머리칼에 화려하게 치장한 유튜브 스타 '힙걸' 에이미였고, 다른 한 명은 에이미에 비하면 한없이 평범해 보이는 크리스텡이었다. 그 아이는 언제나 투명 인간 같았다, 약간 괴이해 보일 만큼. 병적으로 소심한 성격이어서 자신의 진짜 모습이 드러나는 걸 두려워하는 건지…….

"저 두 사람, 어쩌다 친구가 된 건지 무지 궁금하단 말이야."

티투앙이 큰 목소리로 중얼거렸다.

"나도 우리 둘이 어쩌다 친구가 됐는지 항상 궁금해."

아널드가 툭 받아쳤다. 둘은 서로의 얼굴을 뚫어지게 바라보았다.

실제로 두 소년은 무척 달랐다. 티투앙 르고에네크는 키가 작은 데다 진한 갈색 머리칼에 밤색 눈동자를 지녔다. 그야말로 세상에서 가장 평범한 외모였다. 이와는 반대로 아널드 카르틀랭은 키도 크고 덩치도 커서 언제나 힘이 넘쳤다. 태어날 때 몸무게가 남자아이 평균을 크게 웃돌아서, 부모님이 일부러 이름을 체격 좋은 영화배우 '아널드 슈워제네거'에서 따와 지었다나?

공부 면에서는 어떠냐고? 티투앙은 머리 쓰는 쪽으로는 탁월해서, 큰 노력 없이도 무슨 과목이든 척척 잘해 내어 항상 반 1등을 차지했다. 반면에 아널드는 허세가 많은 성격이어서 썰렁한 농담이나 괴상망측한 아이디어를 내는 쪽으로 챔피언에 속했다.

이성에 대한 관심에 있어서도 둘은 차이가 꽤 컸다. 티투앙은 유튜브 스타가 된 이후 학교에서도 유명인사가 된 에이미 랑드리에게 호감이 있었고, 아널드는 에이미 옆에서 늘 투명 인간처럼 있는 크리스텡 와츠에게 관심을 보였다.

아널드는 왜 크리스텡에게 끌리는 걸까? 자기처럼 금발이어서? 아니면 자기는 키가 크고 힘이 센데, 크리스텡은 작고 말라서? 어쩌면 그 어느 지점에선가 아널드의 '보호 본능'이 자극되었을지도 모른다. 아널드는 보디가드 역할을 아주 좋아하니까.

어쨌거나 학교 내 왕따 문제가 사회적 재앙으로 자리 잡은 21세기에서 아널드 같은 친구와 가까이 지낸다는 건 티투앙에게 엄청난 행운이나 다름없었다.

둘은 곧 쾌활하게 웃음을 터뜨렸다. 이내 어깨동무를 하고서 복도 맞은편에 있는 사물함으로 향했다. 티투앙이 사물함 문을 열면서 말했다.

"에이미 걔, 구독자 수가 20만 명이 넘은 것 같더라."

"응, 근데 그게 뭐?"

아널드는 건성으로 대답하며 사물함을 거칠게 뒤적거렸다. 잠시 후 초콜릿 하나가 발등 위로 툭 떨어졌다.

"그냥 그렇다고. 아무튼 그 정도면 엄청 성공한 거잖아."

티투앙이 말했다.

"뭐, 그렇지. 야호, 초콜릿! 냠냠!"

아널드는 초콜릿을 집어 들더니 껍질도 벗기지 않은 채 크게 한입 베어 먹는 시늉을 했다. 관심을 끌려고 일부러 그러는 게 분명했다. 마침 그 옆을 지나가던 여학생이 인상을 찌푸리자, 아널드는 더욱더 과장되게 웃어 보였다.

"내가 놀라운 건, 걔한테 달라붙은 광고주들이야."

그러다가 갑자기 목소리를 낮춰서 속삭였다.

"보레알 뷰티에서 걔네 가족한테 나일강 크루즈 여행권을 줬대. 화장품 1톤이랑."

"1톤은 아니겠지, 설마."

"뭐, 아무튼 273세까지 얼굴에 떡칠할 수 있을 만큼 많이 줬다나 봐."

티투앙은 이집트 여왕의 미라처럼 변신한 에이미의 모습을 상상하며 웃음을 터뜨렸다.

"우리도 해 볼까?"

아널드가 갑자기 툭 내뱉었다.

"유튜브? 유튜브 채널을 만들자고?"

티투앙은 깜짝 놀라 이렇게 되물었다.

"못할 것도 없잖아? 잘만 하면 돈도 엄청나게 벌 수 있고."

티투앙은 에이미의 유튜브 성공 이후 혼자서 품고 있던 열망을 바야흐로 단짝 친구에게 털어놓을 순간이 다가왔다고 느꼈다. 사실 에이미의 인기가 올라갈수록 티투앙의 열망도 가슴속에서 점점 더 커지고 있었던 것이다.

티투앙은 짐짓 목소리를 낮추고서 말했다.

“사실 나도 그 생각을 해 봤는데……. 아널드, 이따가 쉬는 시간에 다시 얘기할래? 아니다, 오늘 저녁에 우리 집에 같이 가자. 어때?”

“좋지! 왜 진작 말을 안 했어?”

“그냥 생각만 했던 거여서.”

“조금만 말해 봐.”

아널드가 어린아이처럼 보챘다.

사실 티투앙은 이미 머릿속에 계획을 다 세워 둔 상태였다. ‘유튜버 프로젝트’의 첫걸음을 떼는 일이 코앞으로 다가왔는데 저녁까지 기다려야 한다는 사실이 그저 안타까울 뿐이었다. 입이 무지무지 간질거렸지만, 곧바로 수업 시작종이 울리는 바람에 꾹 참아야 했다.

만약 두 사람의 자리가 가까웠다면, 선생님의 눈을 피해 가며 유튜브에 관해 속닥거리고도 남았을 것이다. 하지만 자리가 서로 멀리 떨어져 있는 탓에 티투앙은 그냥 수업 시간에 가장 좋아하는 일을 하기로 했다. 이른바 곁눈질로 에이미 바라보기! 언젠가 에이미가 자신을 돌아봐 주기를 간절히 바라면서 쉬지 않고 흘끔거리는 거였다.

에이미는 자신의 그림자, 아니 절친인 크리스텡과 나란히 앉아 있었다. 티투앙의 자리는 에이미에게서 대각선 뒤편이었다. 에이미의 등을 하염없이 바라보면서 어떻게 하면 가까워질 수 있을지 골똘히 궁리했다. 그러다 문득 새 학기가 시작된 지 두 달이 다 되어 가는데도 에이미와 두 마디 이상의 대화를 해 본 적이 없다는 사실을 깨달았다. 좋아하는 여자애에게 말 한 번 제대로 걸지 못했다니! 거절당하는 게 그렇게나 두려웠던 걸까? 사실 그랬다.

티투앙은 낙담한 나머지, 자기도 모르게 한숨을 푹 내쉬었다.

"그 깊은 한숨의 의미가 뭐지, 티투앙?"

바로 그때, 선생님이 이렇게 물었다.

"시라노(프랑스의 고전 희곡 《시라노 드 베르주라크》의 주인공으로, 외모 콤플렉스 때문에 좋아하는 사람에게 사랑을 고백하지 못하는 인물이다.)처럼 연애 고민에라도 빠진 모양이지?"

티투앙은 그 작품을 진작에 읽었기에 선생님 말씀을 임기응변으로 자연스럽게 받아쳤다.

"아니요, 선생님. 이 작품으로 영상 콘텐츠를 제작해 유튜브에 업로드하면 사람들이 과연 관심을 가질까, 하는 생각을 하고 있었어요."

선생님이 눈살을 찌푸렸다.

"그 말을 무슨 뜻으로 이해해야 하지? 이 명작이 그만큼 지루하다는 거니?"

"아니요, 절대 그렇지 않아요! 그런 뜻이 아니고요. 사실은……, 제 유튜브 채널을 만들어 보면 어떨지 생각하던 중이었어요."

순간, 교실 여기저기에서 수군거리는 소리가 들렸다. 간간이 웃음소리도 들렸다. 그러다 반 아이들의 시선이 일제히 에이미에게로 쏠렸다. 물론 에이미는 그런 시선들에 전혀 아랑곳하지 않았다. 미래의 경쟁자에게 자신의 생각을 드러내 보이는 것마냥 살짝 비웃는 듯한 표정을 지었을 뿐. 반면에 아널드는 둘만의 계획인 줄 알고 있다가, 티투앙이 공개적으로 발표하는 걸 보고선 꽤 놀란 기색을 띠었다.

"그래? 너도 에이미처럼 유명해지고 싶은가 보구나?"

선생님이 흥미롭다는 듯이 말했다.

"아, 아니요! 저는 뷰티에는 관심이 없어요."

티투앙의 말이 끝나기 무섭게 누군가의 빈정거림이 들려왔다.

"그럴 줄 알았어! 쟤는 못생김 그 자체잖아!"

"쉿, 조용! 친구한테 그런 말 하면 못써. 그럼 티투앙, 너는 어떤 주제에 관심이 있니?"

"지구 환경과 기후 온난화, 멸종 위기의 동식물이요. 채널 이름도 벌써 생각해 뒀어요. '지구는 나의 집'이에요."

또다시 교실이 시끄러워졌다. 학생들의 웅성거림 사이로 어디선가 "어휴, 그러세요!" 하고 비아냥거리는 소리가 또렷하게 들려왔다. 그쪽으로 고개를 돌리자……, 바로 아널드가 앉아 있었다! 티투앙은 단짝 친구가 그런 말을 했다는 사실을 도저히 믿을 수가 없었다.

선생님은 알겠다는 듯 고개를 끄덕인 뒤 교실 앞으로 돌아갔다. 그리고 평소와 같이 온화한 말투로 티투앙에게 지금 공부하고 있는 내용의 주제는 환경 문제와는 거리가 아주 멀다는 사실을 짚어 주었다. 딴생각은 그만하고 수업에 집중하라는 말도 잊지 않았다.

"자, 여러분! 반항적 시인이자 독보적 결투가인 시라노라면, 트럼프 미국 전 대통령 같은 기후 변화 회의론자에게 어떻게 맞섰을까?"

선생님은 목소리를 우스꽝스럽게 변조한 다음, 작품의 1막 4장에 나오는 코에 대한 독백을 응용해서 즉흥적으로 읊었다.

"만약 내 코가 그렇게 꽉 막혔다면 당장에 뻥 뚫어 버리겠어요!"

순식간에 교실에 웃음이 터져 나왔다. 몇몇 학생들은 박수까지 쳤다. 티투앙도 그런 선생님을 보며 소리 내어 웃었다. 배우처럼 말하고 연기하는 선생님의 수업은 언제나 즐거웠다. 그 덕분에 조금 전 너무나 쉽게 뱉어 버린 유튜브 계획과 친구들의 반응을 잠시나마 잊을 수 있었다.

시작이 반

수업 종료를 알리는 종이 울리는 순간, 티투앙은 재빠르게 자리에서 벌떡 일어났다. 그러다 선생님의 매서운 눈빛과 마주치자, 슬그머니 자리에 도로 앉았다.

"오늘 수업은 여기까지. 내일은 더 멀쩡한 정신으로 만나자. 과제 잘 해 오고……."

티투앙은 선생님 말씀이 끝나자마자, 다시 자리에서 벌떡 일어났다. 아널드의 시선이 느껴졌지만 애써 모른 척하며 에이미에게 돌진했다. 에이미는 화려한 분홍색 가방을 어깨에 걸치고서 느릿느릿 교실 문을 향해 걸어가고 있었다.

"저기, 에이미! 뭐 하나만 물어봐도 될까? 아주 잠깐이면 돼."

에이미는 걸음을 멈추고 도도한 눈빛으로 티투앙을 훑어보았다.

"뭔데?"

'유튜브로 널 이길 수 있는 방법.'

티투앙은 속으로 이렇게 생각했지만 겉으로는 짐짓 에둘러 대답했다.

"유튜브 채널을 만드는 데 네 조언이 좀 필요해서."

"넌 내가 〈힙걸 에이미〉를 어떻게 운영하고 있을 것 같은데?"

"내가 알고 싶은 게 바로 그거야. 왜냐하면……."

"난 혼자서 다 해."

유튜브 스타는 거만한 목소리로 이렇게 말하고는 특유의 빈정거리는 미소를 날렸다.

"아."

"그러니까 너도 나처럼 하면 돼. 혼자 알아서 자알!"

그때 에이미 옆에 서서 가만히 듣고 있던 크리스텡이 끼어들었다.

"티투앙, 혹시…… 내가 좀 도와줄까? 유튜브 채널 시작하는 거."

하지만 에이미는 단호한 목소리로 크리스텡의 말을 끊었다.

"됐어. 쟤는 너 안 필요해. 그럼 잘해 봐. 크리스텡, 얼른 가자."

에이미가 크리스텡의 팔목을 거칠게 잡아끌었다. 크리스텡은 티투앙에게 미안한 표정을 짓더니, 어느새 가까이 다가온 아널드를 흘긋 쳐다보고는 에이미를 뒤따라갔다. 티투앙은 멀어지는 두 사람의 등에다 대고 투덜거렸다.

"쌀쌀맞기는!"

"걱정 마, 내가 도와줄게. 우리 유튜브 채널을 여는 데 저런 애 도움은 필요 없어."

아널드가 티투앙의 어깨에 손을 올리며 말했다. 하지만 티투앙은 그 손을 쓱 밀어냈다.

"뭐, '우리' 채널? 난 잘 모르겠는데?"

"야, 그게 무슨 소리야? 잘 모르겠다니?"

"내 아이디어가 너에겐 '어휴, 그러세요!' 정도인 줄 알았는데?"

"어이쿠, 용서하십시오. 장난이야, 장난! 그런데 너, 〈힙걸 에이미〉처럼 하고 싶은 건 아니지? 미리 얘기해 두는데, 난 절대로 너의 크리스텡이 될 생각은 없어. 그러니까 나한테 그런 식으로 말하지 마."

티투앙은 눈을 질끈 감으며 한숨을 푹 내쉬었다.

"그럴 리가. 내 말은 그게 아니야! 사람들은 왜 내 말을 다 반대로 받아들이는 거야? 난 네가 내 아이디어를 별로라고 생각하는 줄 알았어. 장난이었다니 다행이지만. 네가 이 프로젝트에 동참해 준다면 나야말로 감사하지."

그러고는 김빠진 목소리로 덧붙였다.

"지구 온난화를 주제로 한 유튜브 채널이 구독자 수 20만 명을 모으

기는 어렵겠지?"

"차라리 주제를 운동으로 바꿔. '말라 인간과 근육 맨' 어때? 아니면 코믹 듀오를 결성해서 개그를 보여 주는 것도 좋고."

"아예 '바보와 멍청이'로 하지 그래? 지금 우리한테 딱 맞게. 나 없이 너 혼자서 해도 완전 대박 날걸."

티투앙이 교실에서 휭하니 나가자, 아널드가 부리나케 뒤쫓았다. 쉴 새 없이 아이디어를 주절거리면서.

"아니면 음악 채널을 하든가. '방귀쟁이 녀석들' 어때?"

12시 30분이 되자, 급식실 앞은 배고픈 학생들로 북적였다. 아직 열리지 않은 문 앞에 생활 지도 담당인 세르베르 선생님이 서 있었다. 언제나 큰 목소리로 야단을 쳐서 언뜻 무서워 보이지만, 실제로는 재미있는 성격인 데다 말주변이 좋아서 인기가 꽤 많았다.

"천천히 움직여, 천천히! 새치기하는 녀석이 있으면 내가 확 먹어 치울 거야."

에이미는 유튜브로 유명해진 뒤로는 이런 일상적인 소란에 섞여들지 않기 위해 노력했다. 크리스텡과 함께 멀찍이 떨어져 선 채 한껏 도도한 표정으로 그 광경을 지켜보았다. 그때 여학생 무리가 에이미에게 다가왔다.

마침 그때 티투앙과 아널드도 급식을 빨리 먹겠다고 우르르 달려가는 학생들에게 치이기 싫어서 뒤로 한 발짝 물러서 있었다. 티투앙은 여자애들이 에이미에게 무슨 이야기를 하는지 궁금한 나머지 귀를 바짝 곤추세웠다.

"에이미, 네가 너희 부모님보다 돈을 더 많이 번다는 게 사실이야?"

여자애들 중 한 명이 물었다. 그와 동시에 코웃음을 치는 듯한 소리가 들렸다. 팔짱을 끼고 서서 거들먹거리며 말하는 꼬락서니를 보아하니, 이 유튜브 스타를 자극하려고 일부러 다가간 게 틀림없었다.

에이미는 그 애들을 향해 예의 그 가식적인 미소를 지어 보였다.

"맞아, 사실이야. 그런데 그게 너랑 무슨 상관이야? 혹시 질투라도 하는 거니?"

"내가? 하, 이게 무슨 소리! 그럴 리가, 하도 멋져 보여서 물어본 거지. 참, 크리스텡! 너도 돈 많이 벌겠다, 그렇지?"

그러자 크리스텡의 얼굴이 순식간에 발갛게 달아올랐다. 티투앙은 크리스텡의 눈동자가 흔들리는 것을 똑똑히 보았다. 크리스텡은 뭐라고 대답해야 하느냐고 묻는 듯한 눈빛으로 에이미를 가만히 쳐다보았다.

에이미가 금세 목소리를 높였다.

"유튜버는 크리스텡이 아니라 나야! 크리스텡은 내 절친일 뿐이고."

"근데 내가 조금 도와주긴 하잖아."

크리스텡이 기어 들어가는 목소리로 말했다.

"맞아, 그래서 정말 좋아. 크리스텡, 언젠가 네가 유튜브 채널을 열게 되면 나도 도와줄게. 그게 친구잖아, 그렇지?"

에이미는 이번에도 형식적인 미소를 지어 보였다. 크리스텡은 에이미의 눈을 슬그머니 피했다. 아널드가 그 모습을 보고 티투앙의 귀에 대고 소곤거렸다.

"으, 난 저렇게 되고 싶지 않아. 너도 방금 봤지? 혹시 너도 나를 크리스텡처럼 대한다면, 정말 가만두지 않……."

"알겠어, 아널드. 알겠다고."

티투앙은 빠르게 대답하며 아널드 말을 급히 막았다. 아널드가 에이미와 크리스텡이 다 들리도록 일부러 크게 말했기 때문이다. 불행인지 다행인지, 크리스텡만 그 말을 들은 듯했다. 크리스텡은 다시 붉어진 얼굴을 푹 숙였다.

때마침 급식실 문이 열렸다. 오전 내내 굶주린 학생들이 한꺼번에 우르르 움직이기 시작했다. 맨 끝에서 천천히 걸어가던 티투앙과 아널드, 그리고 에이미와 크리스텡이 나란히 줄을 섰다. 티투앙은 에이미와 눈이 마주치자 어색하게 웃어 보였다. 에이미도 가볍게 미소를 짓더니, 줄이 빨리 줄어들지 않는다며 투덜거렸다. 아널드는 크리스텡 옆에 딱 붙어 서서 연신 뭔가를 속삭였다. 크리스텡은 가만히 듣다가 이따금씩 고개를 작게 끄덕였다.

잠시 후, 티투앙은 식판을 들고 급식실 안쪽 테이블 끄트머리에 자리를 잡고 앉았다. 그러고 나서 아널드에게 나직이 물었다.

“크리스텡한테 무슨 얘기 했어?”

“네가 크리스텡을 좋아한다고.”

아널드의 대답을 듣는 순간, 티투앙의 두 눈이 동그랗게 커졌다. 아널드는 티투앙의 표정을 보고는 “장난이야.”라고 하면서 박장대소를 했다. 티투앙은 어깨를 한번 으쓱했을 뿐 딱히 화를 내지는 않았다. 아널드는 원래 장난을 잘 쳤다. 굳이 아니라고 부인을 하면서 바로잡으려 해 봤자 아무 소용 없을 터였다. 티투앙이 좋아하는 사람은 크리스텡이 아니라 에이미였지만.

티투앙은 속으로 이렇게 중얼거렸다.

‘언젠가 내가 에이미랑 손잡고 있는 모습을 꼭 보여 주고 말 테다.’

그건 사실 절대로 일어날 수 없는 판타지 같은 일이었다. 뭐, 상상만 하는 건데 어때서? 티투앙은 어느 청소년 문학 작가가 자신의 홈페이지에 적어 둔 문장 하나를 마음에 새겨 두고서 틈틈이 곱씹곤 했다.

‘나는 언제나 꿈을 꾸면서 내 현실을 한 발짝 앞으로 나아가게 한다.’

바로 그때, 뤼카가 에이미에게 다가갔다. 뤼카는 학교에서 가장 인기가 많은 남자애였다. 에이미 바로 앞에 식판을 내려놓고 자리에 앉자,

에이미의 얼굴이 순식간에 빨갛게 물들었다. 이윽고 둘은 도란도란 대화를 나누기 시작했다. 에이미가 수줍게 미소를 지으면, 뤼카가 으스대는 표정으로 따라 웃었다. 그 모습을 가만히 지켜보고 있던 티투앙의 마음속에서 질투심이 부글부글 끓어올랐다. 그 마음을 애써 숨기느라 애먼 닭다리를 있는 힘껏 물어뜯었다.

며칠 후 수요일, 아널드가 호들갑을 떨며 티투앙의 방문을 벌컥 열어젖혔다. 그날 오후에 둘은 유튜브 채널을 개설하고 첫 번째 영상을 찍을 예정이었다.

"티투앙, 대박 좋은 소식이야!"

"뭐야, 1분 안에 젤리 많이 먹기 신기록이라도 세운 거야?"

"아니, 파티에 초대받았어. 심지어 에이미 집에서 열리는 파티라고! 이번 주 토요일 오후래. 조금 전에 크리스텡한테서 전화가 왔거든. 완전 대박 아니냐?"

그 말을 듣고 티투앙은 실망스런 기분을 감출 수가 없었다.

"그래, 축하해. 진짜 잘됐네. 재밌게 놀다 와."

아널드가 티투앙을 빤히 보더니 씩 웃으면서 어깨를 툭 쳤다.

"야, 표정이 왜 그래? 나만 가는 거 아니야. 너도 초대받았다고!"

"뭐, 뭐? 서, 설마. 너, 거짓말하는 거지?"

티투앙은 하도 기쁜 나머지, 말까지 더듬거렸다.

"아니거든. 크리스텡이 방금 문자도 보냈는걸. 우리 둘 다 오라고!"

아널드는 티투앙의 눈앞에 휴대폰 화면을 들이밀었다.

"알았어, 믿을게. 그런데 에이미는 뭐 때문에 파티를 여는 거래?"

"구독자 수가 30만 명이 됐다나 봐."

"와! 이제는 훨훨 날아다니겠구나."

"걔, 지금 완전 풍선처럼 부풀어 있는 상태야. 신발에 돌이라도 매달아서 날아가지 못하게 막아야 할 지경이라고."

아널드는 웃자고 한 말일 테지만 티투앙은 웃음이 나오지 않았다. 어쩌면 에이미의 파티 초대로 한껏 들뜬 상태여서, 아널드 말이 귀에 잘 들어오지 않는지도 몰랐다. 그런데 그때 아널드가 심술궂은 미소를 지으며 한마디 덧붙였다.

"그래도 언젠간 떨어지겠지. 두고 봐, 수박이 와자작 깨지는 것처럼 걔가 박살이 나는 날이 올지도……."

"알았어, 알았다고. 이제 유튜브 얘기나 하자. 자, 시작해 볼까?"

티투앙은 아널드가 에이미에 대해 저주를 퍼붓듯 말하자 짜증이 나서 다급하게 말했다.

"첫 영상에 대한 아이디어를 몇 가지 생각해 봤어. 일단 배경은 사막 풍경 사진으로 하면 좋을 것 같아."

"뭐, 그러자. 좋은 아이디어네. 또?"

"음, 내가 파란색 외계인으로 분장을 하고서 이제 막 새로운 행성을 발견한 우주 탐험가라고 소개를 하는 거야. 원래 이 행성의 이름은 지구였는데, 인간들이 완전히 망가뜨려 버렸다고. 어리석은 인간들이 온실가스를 너무 많이 배출해서, 이 행성을 모조리 오염시키는 바람에 전부 다 질식해 죽었다고 이야기하는 거지."

"오, 멋진데! 아주 재미있을 거 같아. 어서 해 보자! 잠깐, 분장은 내가 할래."

아널드가 티투앙의 말을 끊으면서 호들갑스럽게 자리에서 일어났다. 그러다 갑자기 우렁차게 방귀를 뿡 뀌었다.

"앗! 미안해요, 외계인 씨! 제가 온실가스를 더 늘려 버렸네요."

이번에는 두 사람 다 소리 내어 크게 웃었다.

최악의 날

티투앙에게 이번 금요일은 최악의 날이었다. 우선, 국어 시간에 수행 평가로 제출한 과제 점수가 무척 낮았다. 과제물 위에는 이렇게 적혀 있었다.

"맞춤법 실수 많음, 애매한 표현 많음, 주제를 벗어난 문장 많음."

심지어 수업이 끝나자, 선생님이 티투앙에게 다가와 넌지시 물었다.

"티투앙, 혹시 사랑에 빠지기라도 했니? 20점 만점짜리 수행 평가에서 너한테 10점을 준 건 처음이라서 그래. 어째 너답지가 않네."

티투앙은 집안일 때문이라며 애매하게 얼버무렸다. 진짜 이유는 유튜브 때문이었다. 티투앙이 야심차게 만든 유튜브 채널 〈지구는 나의 집〉의 첫 번째 영상에 대한 반응이 너무나 처참했던 것이다. 심지어 영상을 올린 바로 다음 날에는 에이미가 찾아와 이런 말을 했다.

"티투앙! 네 영상 봤어. 스머프 분장한 거 진짜 웃기더라! 진짜 스머프인 줄 알고 깜짝 놀라서 오줌 쌀 뻔했잖아."

그리고 두 명의 구독자가 생겼다. 이건 전혀 위로가 되지 않았다. 아널드의 말에 따르면, 그 두 명은 바로 아널드와 크리스텡이었으니까.

티투앙은 별안간 화가 훅 치밀었다. 이렇게 초라한 성적을 받고서 내일 에이미네 집에서 열리는 파티에 어떻게 가지? 게다가 뤼카와 에이미가 붙어 다니는 시간이 점점 늘어나고 있어서 더욱더 화를 돋우었다.

결국 티투앙은 하교하자마자 곧바로 다음 영상을 촬영하기로 했다. 이번엔 파란색 스머프보다 훨씬 더 강렬한 분장을 해야겠다고 다짐했다. 과하면 과할수록 사람들의 이목을 더 끌 테니까.

북극의 해빙 문제를 두 번째 영상의 주제로 골랐다. 아빠에게 빌린 산악 트래킹 자전거용 카메라 앞에 홀로 선 다음, 심호흡을 하고서 녹화 버튼을 꾹 눌렀다.

"안녕! 〈지구는 나의 집〉이야! 날씨가 점점 더워지는 건 알고 있지? 지금 여기는 완전 사우나야."

티투앙의 몰골은 한층 더 우스꽝스러워졌다. 얼굴을 귀신같이 하얗게 칠한 뒤, 눈 주변만 더 도드라지게 보라색으로 덧발랐다. 분장은 엄마가 도와주었다. 티투앙의 엄마는 조용하기만 한 아들이 무언가 도움을 요청하자 무척 기뻐했다. 하지만 티투앙이 촬영을 구경하는 것까지는 허락하지 않았다.

"무슨 소리냐고? 혹시 지금 그린란드에서 어떤 일이 벌어지고 있는지 알고 있니?"

티투앙은 목소리를 낮게 깔고서 침울한 목소리로 말을 이었다.

"그린란드는 북극 근처에 있는 큰 섬이야. 그린란드(Greenland)라는 이름은 사실 말 그대로 하면 '녹색 땅'이라는 뜻이지. 그런데 여긴 모든 게 하얀색이야. 10여 미터가 넘는 얼음층으로 덮여 있거든. 얼음층이 얼마나 두꺼운지 상상이 되니? 정말이지 어마어마해. 하지만 이제는 이 하얀 세상도 끝났어. 지난 여름에 유례없는 고온 현상을 겪는 바람에 그 두꺼운 빙하들이 끔찍한 속도로 녹아 버렸거든. 덴마크 기상 연구소의 추산에 따르면, 그린란드에서 1,970억 톤의 지표면 빙하가 사라졌다나? 좀 더 구체적으로 예를 들어 볼까? 이건 올림픽 수영장 8,000만 개와 맞먹는 양이야! 그런데 놀라운 건 이게 끝이 아니라는 거지! 지난주만 하더라도, 이틀 만에! 이틀이라고 분명히 말했다! 바다에서 210억 톤이 넘는 빙하가 사라졌어!" (이 내용은 2019년 8월에 덴마크 기후학자 루트 모트람이 발표한 것이다.)

티투앙은 슬픈 광대처럼 얼굴을 잔뜩 찡그리고 있다가, 지구 온난화를 막아야 한다고 절절하게 호소한 다음 서둘러 정지 버튼을 눌렀다.

영상 녹화는 그런대로 만족스러웠다. 말을 더듬지도 않았고 목소리 톤도 완벽했다. 게다가 단 한 번으로 끝냈으니, 이제 편집만 하면 되었다. 극적인 음악, 공포 영화의 비명 소리, 급격한 기후 변화로 망가진 지구 곳곳의 사진, 인터넷에서 찾은 짧은 기사 들을 영상 중간중간에 삽입해 완성하기로 했다.

오늘 이 영상을 올리면 두 명의 구독자는 분명 겁을 먹겠지? 그것만으로도 꽤 괜찮은 성과인 셈이었다. 뭐, 티끌만 한 성과이긴 하지만. 티끌도 모이고 모이면 언젠가는 눈에 띄기 마련이니까.

토요일 오후 3시 무렵, 아널드는 기분이 썩 좋지 않았다. 아니, 아주 아주 엉망이었다!

"나한테 말이라도 했어야지! 상의도 없이 혼자서 영상을 찍을 거면, 대체 우리가 유튜브 채널을 같이하는 이유가 뭐야?"

"맞아, 미리 말을 했어야 해. 근데 이건 '우리' 채널이 아니라고. 〈지구는 나의 집〉은 내 채널이야! 아이디어를 낸 것도 나고, 주제도 나 혼자서 정했어. 너한테 단 한 번도 같이하자고 부탁한 적 없어. 미안해, 아널드. 그래도 네가 응원해 주고 도와준 건 고마워."

두 친구는 자전거를 타고 나란히 오르막길을 오르고 있었다. 길 끄트머리에 다다르자, 에이미네 집의 귀퉁이가 보였다. 티투앙의 냉정한 대답에 아널드는 마음이 완전히 상하고 말았다. 페달을 거칠게 밟아 속도를 내더니 앞으로 휙 가 버렸다. 티투앙이 급히 뒤쫓으며 아널드를 소리쳐 불렀지만 아무 소용이 없었다.

티투앙은 뒤늦게 에이미네 집에 도착했다. 에이미네 집은 완벽하게 파티장으로 변해 있었다. 벽마다 형형색색의 조명이 달려 있었고, 커다란 스피커에선 몸을 들썩이게 만드는 음악이 흘러나왔다. 한쪽 구석 테이블에는 다리가 휘어질 정도로 음식이 풍성하게 차려져 있었다. 한눈에도 이 파티의 목적이 과시와 자랑인 게 분명해 보였다.

먼저 도착한 아널드는 거실에 앉아 크리스텡과 한창 이야기를 나누는 중이었다. 아널드는 티투앙을 보고선 노골적으로 등을 돌려 버렸다. 티투앙은 그 모습을 보고 몹시 허탈한 기분으로 중얼거렸다.

"하! 시작이 아주 좋네."

티투앙은 구석에 놓여 있는 빈 의자를 하나 찾아냈다. 굳이 아이들 사이로 끼어들기보다는 구석에서 관찰하는 쪽이 더 속 편한 소심덩어리에게 딱 어울리는 자리였다. 어차피 오래 있지도 않을 테니까. 그런데 의자에 엉덩이를 붙이기가 무섭게 에이미가 다가왔다. 티투앙은 자리에서 엉거주춤하게 일어났다.

"야, 소심하게 굴지 마. 여기선 모두 즐겨야 해. 명령이야! 유후!"

에이미는 두 팔을 번쩍 들어 올리며 신나게 노래를 불렀다. 티투앙은 에이미의 말에 고개를 끄덕인 다음, 미친 사람들처럼 몸을 마구 흔들고 있는 아이들 사이로 들어가 어정쩡한 자세로 쭈뼛거렸다. 에이미가 다시 말을 걸었다.

"있잖아, 네가 유튜브에 새로 올린 영상 봤어."

에이미는 갑자기 티투앙의 귀에 대고 크게 소리쳤다.

"엄청 무섭던걸? 날 겁먹게 하는 데 완전 성공했어."

'웬일이지? 오늘은 얘가 나한테 관심을 많이 보이네.'

티투앙은 속으로 이렇게 중얼거렸다. 에이미가 관심을 보인 이유는 금방 드러났다.

"고마워. 진짜 우리가 아무것도 하지 않는다면, 지구 온난화는……."

"아니, 아니. 헌혈의 집에서 간식 먹다가 체한 뱀파이어 같은 네 얼굴을 말하는 거야."

에이미는 이렇게 빈정거리고는 자리를 훌쩍 떠났다. 이번에는 뤼카가 티투앙에게 다가왔다.

"안녕! 환경 보호 개그맨이 너구나?"

"아니, 아닐걸."

"에이미가 네 유튜브 채널을 보여 줬어. 너, 사람들을 은근히 겁먹게 하는 재주가 있더라! 차라리 공포 영화를 만들어 보는 게 어때? 구미가 당기지 않니?"

티투앙은 싸움을 좋아하는 유형은 아니었지만, 지금은 받아치지 않고 가만히 있기가 힘들었다.

"지구의 운명이 너한테는 와 닿지 않았다는 거냐?"

"아니, 당연히 와 닿았지. 나는 유행하는 건 뭐든 다 관심이 있거든. 다음 영상은 뭘 찍을 거야?"

순간, 티투앙은 에이미네 집으로 오는 길에 아널드와 다툰 걸 몹시 후회했다. 만약 아널드였다면 이런 순간에 뤼카에게 통쾌하게 한마디 날려 주었을 테니까. 어쨌거나 이 재수 없는 자식은 티투앙보다 머리 하나가 더 컸기 때문에 좀 더 세련되게 대응하는 편이 나을 듯했다.

"아직 고민 중이야. 세상의 미래에 무관심한 청소년들에 대한 이야기를 해 볼까? 그럼 네가 인터뷰 좀 해 줄래? 딱인 것 같은데."

뤼카는 이 말이 칭찬인지 욕인지 잘 모르겠는지 아리송한 표정을 지었다.

'이 녀석, 완전 바보잖아.'

티투앙은 뤼카에게 싱긋 웃어 보이고는 구석진 자리로 돌아갔다. 그때부터는 다행히 아무도 귀찮게 하지 않았다.

파티는 밤이 늦도록 이어졌다. 웃음소리는 끊이지 않았고, 아이들은 마치 정신이 나간 것처럼 지치지도 않고 춤을 추었다. 그러다 결국 사건이 터지고 말았다. 뤼카가 에이미 곁을 빙빙 돌며 기괴한 춤을 추기 시작했던 것이다. 꼭 똥 주위를 맴맴 도는 파리 같았다. 마침내 짜증이 머리끝까지 치민 에이미가 좀 떨어져 달라고 말했고, 그 말에 부아가 치민 뤼카는 에이미가 자기에게 자꾸 찰싹 달라붙어서 성가시게 군다고 큰 소리로 떠들었다. 에이미가 당황한 나머지 곧바로 대답을 하지 못하자, 뤼카는 뻔뻔한 태도로 말을 계속 이어 나갔다.

"너, 네 얼굴 제대로 봤니? 너, 엄청 못생겼어. 최악이라고! 네 유튜브 채널은 어떻고? 완전 형편없지. 구독자 수가 어쩌다 그렇게 많아진 거야? 아, 알겠다. 너희 아빠 돈으로 죄다 산 거지?"

에이미는 한껏 약이 올라 소리를 바락바락 질렀다. 급기야 뤼카에게 욕설을 퍼부으며 몸을 마구 밀치더니, 기어이 집 밖으로 쫓아내 버렸다.

사건은 거기서 끝나지 않았다. 그러고도 분을 삭이지 못한 에이미가 난데없이 크리스텡에게 화풀이를 하기 시작했다. 크리스텡에게 손가락질을 하면서 '불쌍한 계집애'라는 둥 '쓰레기'라는 둥 하면서 모욕적인 말을 함부로 내뱉었다.

그때 아널드가 끼어들었다. 아널드 역시 욕이라면 남에게 결코 뒤지지 않을 만큼 일가견이 있었다. 곧 온갖 상스러운 말이 거실을 가득 채우며 음악 소리를 뒤덮었다.

그렇게 파티는 처참하게 막을 내렸다. 에이미는 울음을 터뜨리며 바닥에 주저앉았고, 크리스텡은 눈물을 훔치며 밖으로 뛰쳐나갔다. 다른 아이들은 서로서로 눈치를 살피면서 슬금슬금 집에 돌아갈 준비를 했다. 티투앙은 모른 척하며 계속 거실 한쪽에 남아 있었다. 이 집에서 마지막으로 나가고 싶었기 때문이다. 에이미에게 말을 걸 수 있는 절호의 기회를 놓치고 싶지 않았다.

마침내 거실이 텅 비었다. 티투앙은 의자에서 일어나 뷔페 음식이 차려진 테이블 옆에서 흐느끼고 있는 에이미에게 천천히 다가갔다.

"저기, 에이미? 괜찮아. 중요한 건 너의 진짜 모습이야. 그리고 나는 항상……."

그때 갑자기 에이미가 고개를 홱 쳐들었다. 빨갛게 충혈된 두 눈에서 레이저를 뿜으며 티투앙을 노려보았다.

"너, 아직도 안 갔어? 꺼져, 당장 꺼지라고!"

하지만 티투앙은 물러서지 않았다.

"알았어. 곧 갈게. 그런데 혹시 누구한테라도 이야기하고 싶으면 언제든 전화해, 알겠지?"

"나가아아아!"

에이미는 바락바락 악을 써 댔다.

희망과 절망 사이

그럼 그렇지. 티투앙은 안도의 한숨을 내쉬었다. 역시 오랫동안 쌓아 온 단단한 우정이 그깟 사소한 일로 쉽게 깨질 리가 없었다. 기쁜 마음을 주체하지 못한 채, 아널드가 보낸 문자 메시지를 여러 번 반복해서 읽었다.

✉ 아널드 아까는 미안했어. 네 말이 맞아. 그건 네 채널이야. 내가 우리 집 강아지처럼 좀 고집스러워. 강아지는 기분 나쁘면 확 물어뜯지만, 난 그냥 삐치기만 하잖아. 혹시 나한테 진짜로 화난 거야? 야, 친구! 화 풀어. 좋은 꿈 꾸고. 월요일에 보자. 내일은 내가 시간이 안 된다.

티투앙은 소리 내어 크크 웃었다. 그러고는 답장을 쓰기 시작했다.

티투앙

오늘 무슨 일 있었냐? 난 기억이 안 나는데. 잘 자. 아, 그리고 우리 유튜브 채널의 다음 촬영은 수요일이야. 좋은 아이디어 있으면 언제든 말해줘. 난 일본이 고래 사냥을 다시 시작했다는 이야기를 주제로 뭔가 해봤으면 좋겠는데.

곧바로 답장이 왔다.

아널드

파래 사냥 나도 좋아. 아니면 스머프 보호도 좋고.

"파래? 아, 고래!"

티투앙은 아널드의 말장난을 이해하는 데 시간이 조금 걸렸다. 이 녀석의 농담은 언제나 시시껄렁했다. 티투앙은 베개 밑에 휴대폰을 넣어두고 잠을 청했다. 하지만 머릿속은 온통 에이미 생각뿐이었다. 질문 하나가 티투앙의 가슴을 후벼 팠다.

'나는 왜 그렇게 못된 애를 좋아하는 걸까?'

답은 금방 나왔다.

'내가 좋아하는 건 에이미가 아니라 그 애의 이미지야.'

다시 말해서 티투앙 같은 범생이에게는 결코 허락되지 않을, 그러니까 '꿈도 꿀 수 없는' 여자애를 차지하고 싶은 욕망인 셈이었다.

'뭐, 나도 장점이 많잖아. 아이큐도 높은 편이고, 특히 이 밤색 눈동자……, 나름 괜찮지 않나? 또……, 그동안 모은 조개껍데기 컬렉션도 꽤 근사한데. 말만 하면 다 보여 줄 수 있는데 말이지.'

티투앙은 에이미에게 내세울 만한 것들을 이것저것 떠올리다가 까무룩 잠이 들었다.

월요일 아침, 티투앙은 복도의 사물함 앞에서 아널드와 마주쳤다. 티투앙이 아널드의 등을 가볍게 치며 먼저 말을 걸었다.

"안녕, 친구! 뭐, 새로운 소식이라도?"

"뭐? 아, 안녕. 아무 소식 없지."

아널드는 뭔가 정신이 없어 보였다.

"크리스텡이랑은 어떻게 됐어?"

"크리스텡? 푸하하! 무슨 소리야?"

"지난 토요일에 파티에서 말이야. 난 네가 크리스텡을 맘에 들어 하는 줄 알았지."

"뭐, 그렇게 생각할 수도 있겠지. 그런데 크리스텡은 하나뿐인 친구한테 화가 잔뜩 나 있더라고. 그 못된 유튜브 스타, 노에 없이 외톨이 신세가 되면 얼마나 웃길까?"

"그 애는 혼자서도 아주 잘할걸."

"너처럼?"

티투앙은 아널드의 목소리가 하도 날카로워서 약간 당황했다.

"……뭐, 기술적으로는 그럴지도 모르지. 하지만 너의 정신적인 지지 없이는 제대로 하지 못할걸. 무지무지 재미없는 네 농담도 필요하고……. 말 나온 김에 새로운 농담 하나 없어?"

"있지. 털북숭이 초록색 달걀을 뭐라고 부르는 줄 알아?"

바로 그때, 날카로운 비명이 복도를 가득 채웠다. 세상에! 에이미가 뤼카를 마구잡이로 때리고 있었다. 뤼카는 두 손으로 얼굴을 감싼 채 뒷걸음질을 하면서 어정쩡하게 방어를 했다. 마침 그 근처를 지나가던 선생님이 재빠르게 달려가 두 사람을 어렵사리 떼어 놓았다.

"저 재수 없는 자식은 아직도 토요일 파티에서 쫓겨난 일을 잊지 못하고 분풀이를 하고 있는 모양이네."

티투앙이 비아냥거렸다.

"아까 쟤가 얘기하는 거 들었는데, 자기가 에이미를 버린 거래. 그래서 에이미가 화를 내는 거라고 하면서 여기저기 떠들고 다니더라."

"흠, 보기보다 거만한 녀석이네."

"에이미랑 완전 똑같지, 뭐. 크리스텡한테 들었는데, 에이미가 자기 친구들한테 이상한 문자를 보냈대. 크리스텡이 돈을 요구해서 자기가 내친 거라나 뭐라나? 그런 식으로 모함을 하고 다닌다나 봐."

"와, 나쁜 계집애! 완전 재수 없네."

티투앙은 자기도 모르게 소리쳤다. 그러고는 속으로 이렇게 중얼거렸다.

'내가 어쩌다 저런 애한테 반했던 거지?'

가장 납득할 만한 이유는 에이미가 또래들에게 감탄을 일으키는 존재였기 때문일 듯했다.

문득 오늘 아침에 잠에서 깨기 직전에 꾸었던 꿈이 떠올랐다. 꿈속에서 에이미와 손을 잡고 학교 운동장을 가로지르고 있었는데, 다른 남자 애들이 충격과 질투가 섞인 눈빛으로 두 사람을 하염없이 쳐다보았다. 그때의 기분은 꽤 황홀했는데…….

티투앙은 이내 고개를 가로저었다. 에이미가 친구들에게 모함 문자를 보냈다고? 본인이 성공하는 데 큰 도움을 준 친구를 그런 식으로 험담했다는 사실이 믿기지 않았다. 그 애가 무슨 생각을 하고 있는지 알 수 없지만, 왜 이렇게까지 비열한 행동을 하는 건지 이해하기 어려웠다. 엄청난 유명세에 머리가 돌아 버린 게 아니고서야……. 화를 잘 내고, 잘난 체하기 좋아하고, 가끔씩 얄밉게 굴기도 하지만 이 정도까지 사악하리라고는 생각하지 않았는데…….

그때 아널드가 티투앙의 말에 맞장구를 치는 바람에, 티투앙은 혼자만의 생각에서 스르르 빠져나왔다.

"역시! 너도 그렇게 생각하지?"

아널드는 결의에 찬 표정을 하고서 한마디 덧붙였다.

"내가 만약 크리스텡이라면, 무슨 방법을 써서든 에이미의 평판을 다 깔아뭉개 버릴 거야. 아주 더럽게."

티투앙은 깜짝 놀라 눈을 크게 떴다.

"뭐라고? 그 말 진심이야? 에이미가 유튜브 채널 덕에 좀 거만해지긴 했지만 그렇게까지 당할 건 없잖아? 그리고 그 문자 얘기, 사실 맞아? 네 눈으로 봤어? 실제로 봤냐고!"

그러자 아널드는 갑자기 화제를 다른 쪽으로 돌렸다. 이야기가 자신에게 불리한 쪽으로 흐르거나 재미가 없어질 때면 보이는 아널드의 대화 방식이었다. 아널드는 어색할 정도로 과장되게 웃으며 이렇게 물었다.

"그래서, 털북숭이 초록 달걀이 뭔 줄 알아?"

티투앙은 어깨를 으쓱해 보였다. 아까라면 몰라도, 지금은 그게 뭔지 전혀 궁금하지 않았다. 아널드가 으스대며 말했다.

"키위."

세상에! 티투앙은 한 손으로 이마를 짚었다.

"지금 그 농담, 돈을 한 뭉치 쥐여 준대도 영상에 안 쓸 거야."

그다음 월요일, 우연의 일치로 〈힙걸 에이미〉 채널과 〈지구는 나의 집〉 채널에 새로운 영상이 동시에 올라왔다.

에이미는 뭔가에 홀린 사람처럼 눈을 동그랗게 뜨고 초조하게 조회 수를 살펴보았다. 1분 후 72회, 2분 후에는 196회, 5분이 지나자 603회가 되었다. 이 정도면 괜찮은 속도였다.

그런데 뭔가 조금 이상했다. 욕이 섞여 있거나 무례한 발언이 담긴 댓글이 이전보다 훨씬 더 많아졌다. 좋은 댓글도 칭찬이라기보다는 응원의 글이 대부분이었다. 대체 무슨 일이지?

그로부터 한 시간이 지난 뒤에 벌어진 상황은 가히 충격 그 자체였다. 조회 수는 그럭저럭 평균과 엇비슷했는데, '좋아요' 수가 확연히 줄어들었던 것이다. 게다가 '싫어요' 수는 기록적으로 늘어났다.

에이미는 자신의 새 영상을 처음부터 다시 보기 시작했다. 엉망인 메이크업이 가장 먼저 눈에 들어왔다. 촬영 당시에 썩 좋지 않았던 기분이 제대로 가려지지 않았던 것이다. 사실 그날 밤에 잠을 무진장 설쳤다. 크리스텡에게 미안하다고 사과를 했지만 받아 주지 않아서 크게 낙담을 한 터였다.

영상 속 에이미의 눈 주위에는 피로의 흔적이 고스란히 드러나 있었다. 게다가 중간중간 짓는 웃음은 또 어찌나 부담스럽던지……. 마치 변비에 걸려서 얼굴을 찌푸리고 있는 것 같았다! 이번 영상의 주제는 머릿결 관리였는데, 머리칼을 정성껏 뒤로 빗어 넘기는 것 외에는 별다른 내용이 없었다. 심지어 편집은 형편없었고, 조명은 끔찍할 지경이었다…….

"아악!"

에이미는 너무 화가 난 나머지, 소리를 지르며 자리에서 벌떡 일어났다. 그 바람에 의자가 시끄러운 소리를 내며 뒤로 넘어졌다. 만약 누군가가 촬영을 도와주었다면, 에이미는 분명 그 사람 탓을 했을 것이다. 하지만 이번 촬영은 아빠가 도와준 것이어서 차마 그럴 수가 없었다.

에이미는 화장대 앞으로 돌아왔다. 다음에는 괜찮을 거라며 스스로를 다독였다. 일단 자신을 도와줄 조력자를 찾는 게 급선무였다. 이왕이면 영상 편집에 재능이 있는 사람으로. 그렇지 않으면 인기는 금방 사그라져 버릴 것이다.

오후가 저물어 갈 무렵, 티투앙은 태블릿 PC를 들고 두 시간 전에 업로드한 영상의 성적을 살피고 있었다.

"음, 나쁘지 않네."

조회 수는 72회, 구독자 수는 5명. 티투앙을 비웃는 댓글은 하나도 없었다. 더 이상 우스꽝스러운 분장을 하지 않아서이겠지만. 이번 영상을 준비할 때 엄마가 넌지시 건넨 말이 도움이 되었다. 〈지구는 나의 집〉

채널을 만든 이유가 사람들을 웃기려는 게 아니라 각성시키려는 게 목적이지 않느냐고 말이다.

정확한 지적이었다. 사실 티투앙은 상업용 고래 사냥이라는 주제를 표현하기 위해 얼굴 전체를 피처럼 빨갛게 칠하려 했다. 처음엔 엄마의 만류도 듣지 않을 뻔했다.

티투앙은 '새로 고침'을 눌렀다. 오! 새로운 댓글이 달렸다. 아주 짧은 댓글이었는데, 티투앙은 그 글을 읽고 따귀를 한 대 얻어맞은 듯한 기분이 들었다.

그래서, 희망이 있다는 거야?

#머저리들에게_질렸다

토요일 오후, 티투앙은 아널드를 다시 만났다.

“너, 크리스텡이랑 좀 가까워진 것 같더라?”

티투앙은 촬영용 대본을 고치면서 고개도 들지 않은 채 아널드에게 물었다. 두 사람은 티투앙의 방에서 촬영을 준비하고 있었다. 오후 3시 30분이 다 되어 갈 무렵이었다.

“어? 뭐, 그럭저럭. 난 이제 준비됐어.”

아널드가 어물쩍 대답을 피했다. 티투앙은 무안한 마음에 입을 삐죽거렸다.

“나도 다 됐어. 근데 화석 에너지 사용을 전면 금지해야 한다는 조항을 넣어도 될지 고민 중이야. 너무 극단적인 해결책일까? 내가 무슨 계시라도 받은 사람처럼 보일 것 같기도 하고……."

"티투앙, 내가 방금 얘기했잖아. 가장 간단하고 확실해 보이는 것으로 다섯 가지만 말해야 한다니까. 하나, 플라스틱 용기 없애기. 둘, 고기는 일주일에 딱 한 번만 먹기. 셋, 언제나 물과 전기를 절약하기. 나는 우리가 환경 유튜브 채널을 연 이후로 화장실도 덜 가. 넷, 대중교통 이용하기. 자전거가 제일 좋겠지? 그리고 다섯……, 다섯째가 뭐였더라? 맞다, 많은 사람들과 지구 온난화에 대해 이야기하기. 가능한 한 모든 방법으로, 최대한 자주!"

아널드는 왼손을 활짝 편 다음, 손가락을 하나하나 접으며 말했다. 티투앙도 고개를 끄덕였다.

"흠, 네 말이 맞아."

티투앙은 펜을 들고 오늘 쓴 대본에서 과감히 몇 줄을 지웠다. 오늘 대본의 제목은 '참담하지만 절망적이지는 않다'였다. 이건 '그래서, 희망이 있다는 거야?'라는 한 문장의 댓글 덕분에 시작된 거였다. 티투앙은 사람들을 겁주어 낙담하게 만들면, 지구의 운명과 미래에 절대로 관심을 가지지 않을 거라는 사실을 깨달았다.

그래서 여러 환경 운동가들이 제안한 지구 온난화 해결책을 검색해 본 다음 몇 가지를 골랐다. 경이로울 정도로 대담한 스웨덴 소녀, 그레타 툰베리의 활동 덕분에 증폭된 환경 보호의 움직임들이 티투앙의 가슴을 열의로 가득 채웠다. 아무 의지도 없는 사람들을 일깨워 손가락 하나라도 움직이게 하려면 동기 부여가 필요했다.

아널드를 보면서 그런 생각이 한층 더 강해졌다. 어제 아널드가 대뜸 유튜브 채널을 꾸리는 데 시간을 너무 많이 낭비하고 있다는 말을 했다.

티투앙은 대번에 반박했다.

"그래서? 넌 어떻게 해야 한다고 생각하는데? 네 게임기로 좀비나 죽이는 게 시간을 훨씬 더 현명하게 쓰는 거라고 생각해?"

"야, 우린 이미 망했어! 그러니까 세상의 종말을 기다리는 동안 최대한 즐겨야 한다는 거지."

아널드의 대답이 너무 진지해서 티투앙은 잠시 말문이 막혔다. 그러다 겨우 씁쓸한 대답거리를 찾아냈다.

"아널드, 우리 채널 이름 잊었어? 〈지구는 나의 집〉이야. 나는 이 지구의 주민이자 보호자인 거라고. 누군가에게는 그저 과즙 많은 오렌지에 불과하겠지만. 그런 생각은 오렌지가 다 말라 버릴 때까지 즙을 짜 먹는 기생충과 다를 바 없어."

그러고서 티투앙은 마음속으로 '우리는 정말 다른가 보다.' 하는 생각을 했다. 아널드는 티투앙의 말에 그다지 귀를 기울이는 것 같지 않았다. 그래도 아무튼……. 중요한 건 아널드가 지금 이 자리에 있고, 초보 유튜버에게 필요한 재능을 가졌다는 사실이다.

“자, 이제 촬영해 보자. 첫 번째 장면부터.”

티투앙이 한숨을 쉬며 말했다.

“그래, 잘돼서 한 번에 끝나면 좋겠다. 나, 오늘 시간이 별로 없거든.”

“아, 그래? 왜…….”

“4시에 약속이 있어.”

“뭐라고? 왜 진작 말 안 했어? 그럼 촬영을 미뤘을 텐데! 누구랑 약속인데?”

아널드는 대수롭지 않다는 표정으로 고개를 가로젓다가, 갑자기 바지 오른쪽 주머니에 손을 찔러 넣었다.

“마침 문자 왔다.”

“문자? 누구? 크리스텡?”

“당연히 크리스텡이지! 오, 방금 유튜브에 올라온 동영상 한번 보래.”

티투앙이 아널드에게 가까이 다가갔다. 아널드는 크리스텡이 보낸 링크를 클릭한 다음, 휴대폰이 잘 보이도록 가로로 잡고서 자세를 고쳐 앉았다.

빨간 바탕 위에 초록색 글씨로 ‘#머저리들에게_질렀다’라는 자막이 떠올랐다. 그리고 시끄러운 서커스 음악과 함께 돼지 가면으로 얼굴 전체를 가린 누군가가 나타났다.

“안녕! 난 ‘머저리들에게질렀다맨’이야. 줄여서 ‘머저리맨’이라고 불러! 너희들, 자기가 스타인 줄 아는 거만한 애들, 별것도 아닌 걸 자랑인 양 찍어 대는 애들, 인터넷을 오염시키는 애들한테 질렸지? 나도 마찬가지야. 그래서 이 채널에서 그런 멍청이 유튜버들을 저격해 볼까 해! 너희도 말해, 망설이지 말고. 누구한테나 짜증 나는 사람이 한 명씩은 있잖아. 자, 오늘 소개할 유명 인사는 바로……'힙걸 에이미'야!"

자칭 '머저리맨'은 마치 돼지 울음소리처럼 음성을 변조하고선 시끄럽게 떠들었다. 티투앙은 인상을 확 찡그렸다. 굳이 보지 않아도 거북한 내용일 게 뻔했다.

유튜브 영상의 한 장면을 캡처한 사진이 화면에 나타났다. 반쯤 감은 눈, 우스꽝스럽게 뒤틀린 입술, 그리고 보정 프로그램으로 살짝 부은 듯이 만든 얼굴……. 오른손 엄지와 검지 사이에는 립스틱 케이스가 끼워져 있었다. 머저리맨이 말을 이었다.

"너희들, 이 여자애가 진짜로 '힙'하다고 생각해? 얘가 하는 조언을 그대로 믿고 따르고 싶다고? 아, 물론 못생긴 지질이들은 그러고 싶겠지. 얘랑 똑같이 닮았으니까! 에이미가 상대하는 게 바로 그런 애들이잖아. 진짜로 '힙한' 애들이 그 영상을 본다면 아마 배꼽을 잡고 데굴데굴 구를걸? 근데 뭐, 이것도 괜찮아. 세상에는 다양한 사람들이 살아가는 거니까. 우리가 보기엔 우습지만 말이야. 문제는, 이 여자애가 대기업으로부터 돈을 받고 화학 덩어리인 제품을 좋은 물건인 양 홍보한다는 거야.

정말이야, 돈을 엄청 많이 받는대! 걔가 하는 조언이 진심인 것 같아? 그렇게 생각한다면 진짜 바보인 거다. 걔가 목표로 삼는 게 바보들인 거고! 내가 무슨 말을 하는지 잘 알겠지? 걔가 하는 말은 전부 다 거짓말이야. 그 여자애가 구독자를 호구로 보는 거라고! 너희는 호구 취급당하는 게 좋아?"

티투앙은 날카롭고 불쾌한 목소리에 힘이 쭉 빠졌다.

"됐어, 아널드. 그만 꺼. 충분히 들었으니까……."

"아냐, 끝까지 보자!"

"네 마음대로 해라."

티투앙은 대본이 놓인 책상 앞으로 돌아왔다. 하지만 아널드는 그 몹쓸 동영상을 끌 생각이 전혀 없어 보였다. 심지어 즐거워하고 있었다! 결국 티투앙은 화를 버럭 냈다.

"아널드! 지금 촬영 시작하든가, 여자 친구를 만나러 가든가 해. 어떻게 할래?"

그러자 아널드가 당황해하며 티투앙을 뚫어지게 쳐다보았다.

"야, 왜 화를 내고 그래? 그냥 재미있어서 보는 거잖아!"

"뭐가 재미있다는 거야?"

"이 녀석, 말하는 거 보니까 유머 감각이 제법 있는데!"

"아, 그렇게 생각해? 내가 보기에는 그저 유튜브에서 화풀이하고 싶은 악질 악플러인 것 같은데."

"솔직히 어느 정도는 맞는 말이잖아. 에이미가 현실 세계로 내려오는데 이게 도움이 될 것 같지 않아? 자기가 다른 애들보다 우월하다고 생각하는 자만심도 더는 느끼지 못할 거고."

"그럴지도 모르지. 하지만 저런 식으로 사람을 저격하는 건 옳은 방법이 아니야. 아무튼, 우리 촬영은 저녁으로 미루는 게 좋겠다. 6시 어때?"

"그래."

아널드는 동영상을 멈추지도 않은 채 휴대폰을 바지 주머니에 찔러 넣었다. 머저리맨은 쉬지 않고 떠들어 댔다.

"그게 다가 아니야! 에이미는 '유혹 팁'을 알려 준다면서 자기가 남자에 대해 엄청 많이 아는 것처럼 말하잖아. 근데 사실은 걔, 남자 친구도 없어. 궁금하면 걔한테 직접 물어봐."

아널드는 아무 말 없이 가방을 챙겨 방에서 휙 나갔다. 티투앙은 아널드가 기분이 상했다는 걸 금방 알아차렸다. 지금 기분이라면 아널드는 6시에 절대로 오지 않을 것이다. 티투앙은 그냥 혼자서 촬영을 하기로 마음먹었다.

지난번 영상들과 다르게 이번엔 딱히 눈길을 끄는 시각적 장치가 없었다. 하지만 티투앙은 무척 만족스러웠다. 자신에게 딱 맞는 색을 찾았다는 느낌이 들었다. 너무 극적이지도 않고, 너무 늘어지지도 않았다. 간결하고 진지했다.

몇몇 사람들은 살짝 지루해할 수도 있겠다는 생각이 들었지만, 그 부분은 다음 영상에서 보완하기로 다짐했다. 몇 가지 아이디어도 있었다. 환경 문제와 연관된 유명 인사를 인터뷰한다면 정말 재미있을 것이다! 예를 들어, 프랑스 환경부 장관을 지낸 니콜라 윌로 정도면 더할 나위 없을 테지.

그날 저녁, 티투앙은 학교 숙제까지 다 끝낸 다음 침대 위에 앉아 태블릿 PC를 꺼냈다. 오늘 하루를 열심히 보냈으니, 자기 자신에게 잠들기 전에 인터넷 서핑 정도는 허락해도 좋다고 생각했다. 태블릿 PC를 침대 위에 편안하게 올려 두고, 등 뒤에 푹신한 베개를 받친 다음 인터넷 서핑을 하기 시작했다. 무엇보다 돼지 가면을 쓴 머저리맨이 에이미의 채널을 공격한 이후의 정황이 궁금했다.

이 사람을 뭐라고 해야 할까? 누구인지는 몰라도 겁쟁이인 게 분명했다. 자신이 뱉은 말조차 책임지지 못해서 얼굴을 가리는 겁쟁이! 티투앙은 이렇게 유튜브에서 누군가를 악의적으로 깎아 내리는 사람들을 보며 '유튜버 살인마'라는 표현을 떠올렸다.

그러다 문득, 자신도 이런 유튜버 살인마에게 공격당할 수 있다는 생각에 두려움이 느껴졌다. 꼭 머저리맨이 아니더라도, 〈지구는 나의 집〉

을 헐뜯으려는 악성 댓글은 어차피 존재할 터였다. 그런 일에 대비해 미리 마음의 준비를 단단히 해야겠다고 생각했다.

티투앙은 그레타 툰베리가 프랑스를 방문했을 때 몇몇 정치인이 퍼부었던 조롱 섞인 평가를 떠올렸다. '종말론 교주', '짧은 바지를 입은 예언자', '그린 비즈니스', '노벨 두려움 상'……. 티투앙은 그걸 바탕으로 미래의 악성 댓글들을 예측해 보았다. 하지만 저런 말들은 머저리맨이 내뱉는 조롱에 비하면 아주 귀여운 수준이었다.

에이미는 제정신이 아니었다. 머리끝까지 분노가 치밀면서 속이 마구 뒤틀렸다. 이유 없는 비난과 증오에 상처를 크게 받았다.

"내가 저 돼지 가면한테 뭘 잘못한 건데?"

에이미는 컴퓨터 앞에 앉아, 머저리맨이 업로드한 영상을 몇 번이고 반복해서 보았다. 누구인지도 모르는 악당이 에이미를 '지질이'라고 부르면서 허풍덩어리에다 욕심쟁이 취급을 했다. 이제껏 유튜브를 통해서 자신의 세련된 아름다움으로 많은 사람들에게 선한 영향력을 행사하고 있다고 철석같이 믿어 왔는데……! 에이미에게 이보다 더 모욕적인 일은 없었다.

에이미는 대체 누가, 왜 이런 행동을 하는지 추측해 보았다. 여러 추측 중에서 가장 그럴듯한 가정은 질투였다. 자신의 성공을 부러워하는 경쟁 유듀버의 소행인 걸까……? 에이미는 이를 부득부득 갈았다.

'누구 짓인지, 걸리기만 해 봐. 당장 찾아가서 두 눈을 확 뽑아 버리고 말 테니까!'

만약 경쟁 유튜버가 아니라면? 에이미가 아는 사람 중에서 자신을 몹시 싫어하는 사람이 범인일 것이다. 이를테면…… 크리스텡? 뤼카도 떠올려 보았지만, 이런 더러운 짓을 생각해 낼 만큼 머리가 좋지 않다는 생각이 들었다.

물론 에이미는 뤼카가 자신에게 내뱉은 위협적인 말들을 아직 잊지 않았다. 뤼카는 파티 다음 날 학교에서 에이미에게 맞은 일 때문에 분을 삭이지 못했다. 결국 어느 날 오후 하굣길에 에이미를 다짜고짜 운동장 구석으로 몰아세우고는 무섭게 쏘아붙였다.

"네가 대단한 스타인 줄 아나 본데, 넌 그냥 추락하는 별똥별이야. 땅에 고꾸라질 때 얼마나 아플지 두고 보라지."

그날 이후 뤼카는 에이미를 완전히 무시했다. 그렇다고 해도 뤼카일 리는 없었다. 분명 경쟁 유튜버일 거다. 누구인지 얼른 알아내야 할 텐데……. 그보다 더 심각한 문제는, 에이미를 공격하는 댓글이 기하급수적으로 늘기 시작했다는 점이다. 악성 댓글이야 늘 있어 왔지만, 머저리맨이 영상을 올린 후에 달리는 댓글은 차원이 다르게 심각했다.

너, 뒤에서 돈 받고 광고한다는 거 진짜야?

유해 제품 팔아서 돈 번다며? 진짜 뻔뻔하다.

완전 사기꾼이었네! 이 거짓말쟁이야!

비난뿐인 댓글들은 전부 가명을 썼다. 에이미는 가명 뒤에 숨은 사람들이야말로 진짜 머저리들이라고 생각했다. 그러면서도 화를 참지 못해 컴퓨터 화면에 침을 튀기며 고래고래 소리를 질렀다.

"이 겁쟁이들! 난 내 이름을 걸고 이 채널을 운영한다고!"

더욱 신경이 쓰이는 것은 조회 수였다. 가장 최근에 업로드한 뷰티 영상의 조회 수는 2,520회였다. 그동안의 성적보다 조금 떨어지는 수치였다. 불안감이 밀려오면서 속이 뒤틀렸다. 만약 구독자들이 전부 등을 돌려 버리면 어떡하지?

이틀 뒤 월요일, 에이미는 속이 울렁거리는 걸 간신히 참고 학교에 갔다. 언제나 그렇듯이 열성 팬들이 앞다투어 다가와 영상을 잘 봤다며 칭

찬을 건넬까? 코에 난 뾰루지는 어떻게 관리해야 하는지, 또 최신 유행 헤어스타일은 어떤 건지 질문을 해 댈까? 한 걸음 한 걸음 걸을수록 불안감이 점점 커졌다. 누군가 에이미에게 다가와 욕을 하거나 여기저기서 수군거리거나 악담을 퍼부을까 봐 겁이 났다.

그런데 실제로는 아무 일도 일어나지 않았다. 등굣길은 물론, 학교 안에서도 에이미에게 특별히 관심을 보이는 사람은 없었다. 그것조차 수상쩍어서 마음이 꺼림칙했다.

그때 운동장 한쪽에서 아널드와 이야기를 나누고 있는 크리스텡이 눈에 들어왔다. 두 사람은 아주 잘 통하는 것처럼 보였다. 시시한 것들! 에이미는 아무렇지도 않은 척하며 손을 흔들었다. 그런데 크리스텡이 인사를 하기는커녕 노골적으로 등을 획 돌려 버렸다.

"저, 저 계집애가!"

에이미는 또 한번 분노했다. 그리고 속으로 저주를 퍼부었다. 불쌍한 계집애, 평생 그렇게 초라하게 살아라!

하지만 곧 처량하게 한숨을 내쉬었다. 아무도 에이미를 쳐다보지 않았다. 아니, 쳐다보긴 했다. 너무나 대수롭지 않게, 아무것도 모른다는 듯한 얼굴로.

에이미는 그 시선을 견디기가 힘들었다. 결코 대수롭지 않은 존재가 아니니까! 전 세계 청소년들이 우러러보는 유튜버 스타인데 말이다! 심지어 광고 제안을 하려는 회사들이 줄을 서고 있는데.

마침 여학생 두 명이 다가와 에이미에게 인사를 건넸다. 알이 두꺼운 안경을 쓴 클레아가 먼저 말을 걸었다.

"안녕, 에이미. 잘 지냈어?"

"응, 너는?"

"나도 괜찮아."

이 애들은 왜 지난 주말에 에이미가 당한 공격에 대해 이야기하지 않는 거지? 아직 소식을 듣지 못한 걸까? 아니면 관심이 없는 걸까? 만약 후자라면 그건 그것대로 끔찍한 일이었다. 잊히는 것보다는 미움을 받는 쪽이 차라리 더 나았다. 왈칵 눈물이 차올랐지만, 이 바보들은 여전히 아무것도 모른다는 얼굴을 하고 있었다.

"유튜브에서 네 최근 영상 봤어."

클레아가 다시 말했다.

"너, 엄청 도도하더라? 무지무지 교양 있는 척하면서……."

에이미는 언제나처럼 냉소적으로 말했다.

"왜, 뷰티 유튜버인데 그러면 안 되니?"

"응? 아니, 그런 건 아니고. 유튜브 채널 때문에 네가 걱정이 많다고 들었거든."

"무슨 걱정?"

“조지한테 들었는데, 네가 봄에 해로운 제품들을 오히려 좋은 것인 양 광고해서 네 주머니를 채운다고 그러더라고. 진짜로 그래?”

순간, 에이미는 머릿속에서 무언가가 터지는 듯한 기분이 들었다. 더 이상 참지 못하고 소리를 꽥 질렀다.

“뭐, 뭐라고? 머리가 어떻게 된 거 아니야? 조지, 그 계집애 어디 있어? 바퀴벌레 같은 머리를 확 비틀어 버릴 테니까!”

에이미는 이글이글 타는 눈빛으로 두 친구를 뚫어지게 쳐다보았다. 둘은 서로 눈치를 살피다가, 가짜 뉴스를 퍼뜨린 험담꾼을 찾아보겠다며 얼른 자리를 피했다.

에이미의 불행한 하루는 이렇게 시작되었다. 하지만 이런 건 아무것도 아니었다. 〈#머저리들에게_질렀다〉 채널에 새로운 비방 영상이 올라오기라도 한다면……. 그것이야말로 최악이었다.

에이미는 그 누구보다 잘 알고 있었다. 일단 평판이 떨어지기 시작하면 당사자에게 어떤 일들이 벌어지는지…….

머저리맨에게 보내는 경고

유튜브 세상은 며칠째 조용했다. 에이미는 다음 뷰티 영상을 준비했다. 언제나처럼 자신감이 넘쳤지만, 들끓는 열의나 의지는 없었다. 주제는 '생일을 위한 화장법'이었고, 제목은 '멋지게 차려입고 파티를 열어 봐!'로 정했다. 화장대 위에는 갖가지 뷰티 제품을 꺼내 두었다. 형형색색의 글리터, 알록달록한 아이섀도, 붉은 립스틱까지……. 모두 화려한 스타일의 화장품이었다.

에이미는 마음을 가다듬은 다음, 평소처럼 촬영을 하기 시작했다. 과장된 몸짓을 하면서 "이거 너무 좋아!", "이 글리터 색깔 좀 봐. 완전 대박이지?", "와, 정말 예쁘다!" 같은 말을 줄줄이 늘어놓았다.

바로 그때, 휴대폰에서 문자 메시지가 왔다는 알림음이 울렸다. 〈힙걸 에이미〉 구독자이자 에이미의 이웃 친구인 로레트였다.

로레트

그 머저리 어쩌고 하는, 나쁜 놈이 또 영상을 올렸어. 절대 보지 마! 진짜 역겨워. 에이미, 차라리 고소해 버려! 알지? 난 네 편이야.

로레트는 보지 말라는 말과는 상반되게, 메시지 밑에 링크를 걸어 놓았다. 에이미는 떨리는 손가락으로 링크를 클릭했다. 심장이 마구 요동치고 있었다. 쨍한 연두색 배경 위로 '#머저리들에게_질렀다'라는 해시태그가 뜨고, 코미디 영화 음악이 흘러나왔다. 눈에 눈물이 고이기 시작했다. 온몸이 달달 떨렸다.

역시나 돼지 가면을 쓴 악당이 나타났다. 너무 과하게 클로즈업이 돼서 남자인지 여자인지 구분할 수가 없었다. 머저리맨은 이번에도 변조된 목소리로 말을 하기 시작했다.

"안녕, 친구들! 내가 돌아왔어! 아주 대단한 걸 갖고 왔다고! 하하하!"

머저리맨은 시끄럽게 웃어 댔다. 음악 소리가 점점 커졌다.

"그 얼간이 같은 힙걸 말이야. 그 애도 이용당한 거야. 바로 그 집의 꼰대, 걔 아빠한테! 그 애 아빠가 뒤에서 조종하고 있다지 뭐야? 거기서 돈을 다 챙긴다나 봐."

바로 그때, 둥둥거리던 음악이 돌연 뚝 끊겼다.

"난 이 이야기가 사실이 아니었으면 좋겠어, 진짜로! 사실이라면 힙걸 에이미도 피해자인 거니까. 그래, 걔 아빠가 이 모든 것을 만든 배후자였던 거야. 참! 미리 말해 두는데, 난 비방하는 게 아니야. 꼼꼼하게 알아봤고, 충분히 고민했어. 그리고 사실 그대로 전달하는 거야. 궁금해하는 사람들을 위해서! 어떻게 알게 됐냐고? 휴, 그 꼰대에게 사기 경력이 있는 것 같더라. 어떤 할머니의 은행 계좌를 털었다가 걸려서 감방에도 갔다 왔다나? 아무튼, 만약 이게 사실이라면 불쌍한 에이미는 유튜브 채널을 닫아야 할 거야. 그렇게 되면 인터넷에 해로운 머저리 유튜버 하나가 줄어드는 거지. 내가 구독자라면, 걔를 돕기 위해 구독을 빨리 취소하겠어. 너희가 그 애를 위해 해 줄 수 있는 유일한 일이야. 〈힙걸 에이미〉는 그만 보내 주고, 이제 다른 영상을 찾아서 봐. 좋은 유튜브 채널은 아주아주 많으니까."

마지막에는 인사말과 함께 구슬픈 장송곡이 흘러나왔다. 하지만 에이미의 귀에는 아무것도 들리지 않았다. 충격이 너무 큰 나머지, 머릿속이 텅 비어 버렸다. 앞이 잘 보이지 않았고, 숨도 제대로 쉴 수 없었다. 엄청나게 많은 사람들이 이 영상을 볼 것이다. 구독자들, 친구들, 선생님들……. 에이미는 자기 채널에 어떤 댓글이 달릴지 상상조차 되지 않았다.

늦은 밤, 티투앙이 막 깊은 잠에 빠지려던 순간 베개 밑에 두었던 휴대폰에서 요란하게 진동음이 울렸다. 그 덕분에 잠이 홀라당 달아나 버렸다. 티투앙은 달콤한 꿈나라 여행을 망친 사람이 누구인지 확인하면서 혼자 중얼거렸다.

"경고한다, 아널드. 핵폭발 정도 되는 대단한 소식을 알리는 게 아니라면, 넌 내 친구 목록에서 영원히 삭제야……."

하지만 티투앙은 문자 내용을 확인하고는 그대로 얼어붙었다. 세상에! 깊게 한숨을 내쉰 다음, 베개를 세워 등 뒤에 받쳐 앉고서 유튜버 살인마가 올린 새 영상을 틀었다. 악몽 같은 영상을 겨우 다 본 후, 티투앙이 할 수 있는 평가는 단 하나였다.

"지독하네!"

이 사람의 머릿속에는 뭐가 들어 있는 걸까? 대체 누구일까? 남자일까, 여자일까? 아니, 남자든 여자든 상관없었다! 어쨌든 뇌에 똥물만 가득 담긴 게 분명하니까.

잠시 후, 티투앙의 분노는 의무감으로 바뀌었다. 에이미가 어떤 아이이건 간에, 위험에 처한 이상 돕지 않을 수 없었다. 때마침 머릿속에서 기막힌 아이디어가 하나 떠올랐다. 세상에, 왜 이 생각을 진작 못 했지? 이 나쁜 녀석을 찾아내는 데 시간이 그리 오래 걸리지는 않을 듯했다.

에이미는 밤새 울어 퉁퉁 부은 눈으로 침대를 빠져나왔다. 겨우 잠이 들고 난 뒤에는 끔찍한 악몽만 연달아 꾸었다. 그중 하나는 특히나 더 무서웠다. 증오로 가득 찬 학생들이 떼 지어 뒤쫓아오면서 입에 담기 힘든 욕설을 마구 퍼부었다.

에이미는 씻기라도 해야겠다는 마음으로 방을 나서려다가 문득 걸음을 멈추었다. 〈힙걸 에이미〉 채널을 확인하고 싶어서였다. 원래는 아침에 눈을 뜨자마자 하는 일이었지만, 지난밤에는 적어도 아침 8시 전까지는 휴대폰을 만지지 말자고 다짐했다.

에이미는 긴장되는 마음으로 휴대폰을 집어 들었다. 화면을 몇 번 만지작거리자, 자신의 유튜브 채널이 나타났다. 프로필 사진 속에서 에이미는 밝게 미소를 짓고 있었다. 마지막으로 올린 영상의 조회 수는 1만 3,857회. 영상을 올리고 나서 이 정도 시간이 지났을 때의 통상적인 조회 수보다 세 배 이상 많았다.

하지만 댓글은 너무나도 처참했다. 조롱과 야유는 물론이고, 대놓고 욕을 하거나 인신공격을 하기도 했다. 악성 댓글이 과반수를 훌쩍 넘었다. 에이미는 구역질이 훅 치밀었다. 그런데 그보다 더 심각한 건 구독자 수였다.

"뭐……, 뭐야?"

24시간 만에 전체 구독자의 13퍼센트가 구독 취소를 했다! 에이미는 휴대폰을 침대 위에 던지고는 화장실로 후다닥 달려갔다. 먹은 것도 없는데 구역질이 나서 참을 수가 없었다. 때마침 엄마가 이상한 낌새를 알아채고 달려와 등을 두드려 주며 무슨 일인지 걱정스레 물었다. 그리고 아빠에게도 곧장 이 사실을 알렸다.

잠시 후, 에이미네 가족은 모두 거실 소파에 모여 앉았다.

"우리 예쁜 딸, 무슨 일이니?"

엄마가 안쓰러운 표정으로 물었다.

"혹시 남자 친구가 헤어지자고 한 거야?"

"아니에요! 그냥 좀 내버려 둬요!"

"네 유튜브 채널하고 관련 있는 거 아니니?"

아빠가 넌지시 물었다. 사실 아빠는 SNS에서 에이미에게 무슨 일이 일어나고 있는지 처음부터 쭉 지켜보고 있었다. 에이미는 결국 울음을 터뜨렸다. 더는 부정할 수도, 숨길 수도 없었다.

아빠는 이번 일로 사춘기 딸의 예민한 감수성이 다치지 않도록 조심해야 한다는 걸 잘 알고 있었다. 하지만 빙빙 돌리지 않고 단도직입적으로 말했다.

"에이미, 아빠는 이번 일을 절대로 그냥 넘기지 않을 거야."

"아, 안 돼요! 아빠, 제발. 학교에서 논란거리가 되고 싶지 않아요."

"이미 논란거리가 돼 버렸지……. 네 마음은 잘 알겠다. 걱정하지 마.

법적으로 도움받을 수 있는 선에서 조심스럽게 처리할 거야. 안 그래도 아빠가 알아봤는데…….”

아빠는 상의 주머니에서 반으로 접은 종이를 꺼냈다.

“이건 명예 훼손에 대한 설명이야. ‘명예 훼손이란, 확인되지 않은 사실에 대한 주장 또는 비난을 통해 한 사람의 평판을 해치는 것을 말한다. 명예 훼손은 암시를 주는 내용으로 이루어질 수도 있고, 이름을 지칭하지 않아도 신원을 특정할 수 있는 정도로 내용이 가공되는 경우도 있다.’”

그러고는 엄중한 표정으로 딸을 쳐다보았다.

“지난번 영상에서 그 유튜버는 나에 대해 명예 훼손을 했어. 그 정도면 고소하기에 충분하다고 봐. 계속 읽을게. ‘고소를 하는 경우, 명예 훼손 발언들은 확인 대상이 될 수 있다. 만일 혐의점이 확인되지 않은 경우, 그 내용은 모욕으로 본다.’ 내 생각에는 이만하면 됐어. 아니, 충분하고도 남지. 그 영상들을 다 복사해 두었으니까. 그 돼지 가면은 이제 끝이야.”

“알겠어요, 아빠. 그런데 지금 당장은 말고요. 어쩌면 그 사람 스스로 그만둘 수도 있잖아요? 우리가 고소를 했다가 나중에 보복이라도 당하면 어떡해요?”

엄마와 아빠는 짧게 눈빛을 교환했다. 그건 이미 생각해 봤던 일이었다. 아빠 얼굴에 불안한 빛이 살짝 스쳤지만, 에이미를 안심시키려는 듯 이내 웃음을 지어 보였다.

"그래, 아직은 아니야. 에이미, 일단 마음을 다잡아야 해. 그리고 너 스스로에게 말해. 이 시련이 너의 재능을 조금도 빼앗아 가지 않을 거라고, 너의 찬란한 미래를 조금도 흠집 내지 않을 거라고 말이야. 그리고 무엇보다 너에 대한 엄마 아빠의 사랑은 조금도 줄어들지 않을 거야. 그게 제일 중요하잖아, 그렇지?"

에이미는 아빠의 품속으로 와락 달려들었다. 그리고 안도의 눈물을 흘렸다.

티투앙은 오후 2시에 아널드를 만났다. 이번에는 '오싹한 부인의 유령의 집' 앞이었다. 아널드는 수요일 오후만 되면 기발한 아이디어를 생각해 냈다. 오늘 할 일은 일종의 '방 탈출 게임'이었다. 이 유령의 집은 얼마 전에 낡디낡은 옛 빌라들이 아직 남아 있는 도시 외곽에 새로 문을 열었다. 끝이 뾰족한 톱니 모양의 회색 탑 때문에 애덤스 패밀리나 프랑켄슈타인 박사가 살았던 공포 영화 속의 성을 떠올리게 했다.

티투앙은 입장권을 사기 위해 매표소로 걸어 가면서, 아널드에게 어젯밤에 보냈던 그 비열한 가짜 뉴스는 오늘 아침에 보내도 되었을 거라고 이야기했다.

"아, 네가 에이미를 사랑한다는 걸 깜빡했다."

"야, 아니거든? 누가 누굴 사랑해? 난 단지……."

"됐어. 너, 그렇게까지 열 내지 마. 그게 더 수상해 보이니까. 그리고 나는 다 이해한다! 원래 사랑은 사람의 눈을 멀게 하고, 또 사람을 바보로 만드는 법이니까."

티투앙은 아널드 말에 진저리가 나서 혀를 내둘렀다. 마치 모든 걸 다 안다는 듯 실실 웃고 있는 녀석에게서 그만 등을 돌려 버렸다.

"오싹한 부인 집에는 혼자 가라! 네 세상일 테니까. 거기에서 바퀴벌레 역할이나 잘해 봐."

다음 날, 에이미는 기계 체조 경기가 있어서 실내 체육관으로 향했다. 지역 내 중학교 기계 체조 팀끼리 실력을 겨루는 친선 경기였다. 엄마 아빠에게 따뜻한 위로를 받은 만큼 다시 힘을 내기로 결심했다.

에이미가 기계 체조를 하는 이유는 순전히 체조 선수의 날렵한 몸매를 갖고 싶어서였다. 에이미는 탈의실에서 콧노래를 흥얼거리며 시합을 준비했다. 같은 팀 선수들이 떠드는 목소리나 웃음소리에 딱히 신경을 쓰지 않았다. 경기를 앞두고 있어서 그런지, 너나없이 모두 흥분한 듯이 보였다.

"안녕, 에이미? 네가 와서 참 다행이야."

벤치에 앉아 있는 에이미에게 한 여자애가 다가와 인사를 건넸다. 에이미와 라이벌 관계인 카미유였다. 서로 얼굴만 마주쳐도 으르렁거리는 바람에 코치가 나서서 둘 사이를 조율했다. 그 후 서로에게 관심을 두지 않기로 약속했고, 그동안 그 약속을 엄격하게 지켜 왔다. 그런데 에이미에게 먼저 와서 말을 걸다니! 놀라운 일이었다.

에이미는 경계를 풀지 않은 채 고개를 들고 그 애의 얼굴을 뚫어지게 쳐다보았다. 이 여우 같은 계집애가 악의 없이 말을 걸 리가 없는데……. 그래도 일단 친절한 말투로 대답을 했다.

"안녕? 고마워, 카미유."

"뭘. 그런데 너, 정말 대단하다! 네 허접한 영상들을 고발한 그 돼지 가면이 너희 아빠를 공격한 것처럼, 만약 누군가가 우리 아빠를 공격한다면 나는 침대 밑으로 들어가서 일주일 동안은 아무도 만나고 싶지 않을 것 같은데."

카미유는 대놓고 에이미를 비웃었다. 에이미는 자리에서 벌떡 일어나 한 팔을 번쩍 들어 올렸다. 이 괴물 같은 계집애의 입을 당장이라도 찢어 버리고 싶었다. 진짜로 그렇게 할 참이었다. 그때 어디선가 다른 여자애가 나타나 에이미의 어깨를 붙잡고는 카미유에게서 돌아서게 만들었다. 그리고 귓속말로 속삭였다.

"그냥 내버려 둬, 에이미. 지금 반응하면 쟤는 피해자인 것처럼 행동할 거야. 그게 바로 걔가 원하는 거니까."

에이미는 그 말에 수긍하며 고개를 천천히 끄덕였다. 하지만 간신히 가라앉혔던 마음이 분노로 다시 흔들려 버렸다. 사기가 떨어지면서 다리에 힘이 풀려 중심을 잡기조차 힘들었다. 결국 마루 운동 연기를 완전히 망치고 말았다. 차라리 카미유 말처럼 침대 밑에 들어가 일주일 동안 울고 있는 게 나을 것 같다는 생각이 들었다.

그렇다고 이대로 무너질 수만은 없었다. 더 이상은 남들이 자신을 쓰러뜨리게 내버려 두고 싶지 않았다. 기계 체조 경기의 점수 같은 건 아무래도 상관없었다. 에이미의 목표는 기계 체조 챔피언이 되는 게 아니라, 세계적인 셀러브리티가 되는 것이니까!

에이미는 집으로 돌아오자마자 유튜브에 올릴 특별 영상을 구상한 다음 바로 카메라를 켰다. 제목은 '유튜브 세계를 해치는 돼지를 조심해!'였다. 자신을 공격하는 악질 유튜버에게 정면 승부를 걸기로 결심한 것이다.

"머저리맨, 겁쟁이 녀석! 가면 뒤에 숨긴 추악한 얼굴을 드러내 봐! 네 진짜 얼굴을!"

에이미는 카메라 앞에 서서 당당히 말했다. 선 채로 촬영을 하는 건 이번이 처음이었다.

"하지만 그렇게 못 하겠지. 왜냐하면 넌 분명히 못생겼을 테니까! 그리고 엄청난 겁쟁이겠지. 아마 열두 살도 안 됐을 거야. 아무것도 모르는 어린애거나, 사회에서 낙오된 패배자가 분명해. 딱 보여. 모두들 알잖아, 저런 사람이 어떤 부류인지! 누군가를 욕할 때만 힘이 나는 비참한 인간, 자기를 닮은 변장 속에 꽁꽁 숨어 사는 인간!"

그러면서 돼지 가면을 쓴 머저리맨의 사진을 화면에 띄웠다. 에이미는 단어 하나하나마다 힘주어 또박또박 말했다.

"흥! 난 그 인간이 불쌍해. 그렇게 보잘것없이 사는 거, 엄청 힘들겠지. 그 사람 인생이 상상이나 돼? 누군지도 모를 하찮은 존재일 거야. 존재하는지도 모른 채 밟고 지나가는 벌레 같은 신세, 모니터 뒤에 숨은 유치한 골목대장 말이야!"

마지막으로 에이미는 뉴스 앵커처럼 차분한 말투로 악질 유튜버가 퍼뜨린 잘못된 정보와 비방에 대해 조목조목 반박했다.

에이미는 만족스러운 기분으로 촬영을 끝냈다. 이 영상을 편집하고 다듬어서, 오늘이 지나기 전에 업로드할 예정이었다.

그 모든 작업은 자정이 다 되어서야 끝났다. 오랜만에 무리를 한 까닭인지 졸음이 마구 쏟아졌다. 에이미는 침대에 누워 잠을 청하려다가, 머리를 식힐 겸 유튜브에서 여러 영상을 찾아 살펴보았다.

유튜버 전쟁

돼지 가면은 가만히 있지 않았다. 일요일 저녁, 〈#머저리들에게_질렸다〉 채널에는 별다른 설명 없이 영상이 새로 올라왔다. 영상 길이는 짧았지만, 매서운 비방과 조롱이 가득했다.

"불쌍한 에이미, 그런 말은 너 스스로한테나 해. 솔직히, 지금 이건 너한테 좋은 일인 거 아냐? 네 인기가 나락으로 떨어지는 건 어차피 일어날 일이었잖아. 왜냐고? 지금 당장 거울을 봐! 네 민낯, 너무너무 못생겼잖아! 아무리 얼굴에 화장품으로 떡칠을 해도 손쓸 수 없는 수준이라고. 사실 너도 잘 알잖아? 내 조언 잘 들어, 친구. 난 너한테 악감정 없어. 그 우스꽝스러운 뷰티 유혹 유튜브 채널은 이제 그만 닫아. 풋! 뷰티? 유혹? 푸하하하! 푸하하하하! 차라리 코미디 장르를 시도해 보는 건 어때?

엄청 재능 있어 보이는데. 그럼 이만. 자, 친구들아! 우리는 전투를 계속 하자!"

돼지 가면은 듣기 거북할 만큼 괴이한 목소리로 고래고래 소리를 지르며 연설을 마쳤다.

티투앙은 영상을 다 보고 난 뒤 나지막이 내뱉었다.

"한심하네!"

다음 날, 티투앙은 교문 앞에서 에이미가 등교를 할 때까지 기다렸다. 에이미가 유튜버 살인마와의 끝날 듯 끝나지 않는 이 전쟁을 어떻게 견디고 있는지 가늠해 보기 위해서였다. 언제나처럼 멀리서 지켜볼 생각이었다. 지난 수요일부터 보지 못한 아널드도 만나게 되면 좋겠다고 생각했다. 학교 안에서 얼굴을 보긴 했지만 대화는 전혀 하지 않았다.

티투앙은 아널드와 사이가 껄끄러워진 것이 몹시 괴로웠다. 더군다나 그 이유가 악질 유튜버 때문이라는 사실이 매우 마음 아팠다. 누군가의 악한 의도가 원래의 목표를 넘어 아주 넓게 영향을 끼친다는 사실을 잘 보여 주고 있기 때문이었다.

잠시 후, 에이미가 나타났다. 얼굴은 잔뜩 경직되어 있었고 눈빛은 한없이 어두웠다. 마치 누구 한 명이라도 걸리면 작살을 내 버릴 것만 같았다. 그때 한 무리의 여자애들이 소란을 떨며 에이미 앞으로 우르르 몰려갔다. 그 애들은 까르르 웃으며 아주 재미있다는 듯이 질문을 했다. 주말에 새 저격 영상이 올라왔던데 앞으로 어떻게 대응할 거냐고. 에이미가 뭐라고 대답하는지는 잘 들리지 않았다.

티투앙은 에이미에게 다가가려다가 몸을 홱 돌려 교실 쪽으로 걸어갔다. 어차피 자기 일도 아닌데, 굳이 먼저 나설 필요는 없다는 생각이 들어서였다. 그리고 일단은 이 전쟁을 빨리 끝내는 게 우선이었다.

오전 수업이 끝났을 때, 복도 모퉁이에서 누군가가 티투앙의 왼쪽 어깨에 손을 가볍게 올렸다.

"저기, 티투앙. 안녕? 유튜브에서 네 영상 봤어……."

티투앙은 무심코 대답하며 뒤로 돌아섰다.

"아, 고마워……. 어, 에이미?"

세상에, 이럴 수가! 에이미가 먼저 말을 걸다니! 티투앙은 감격한 나머지 얼굴이 빨갛게 달아올랐다. 심지어 에이미는 티투앙을 바라보며 살며시 미소를 짓고 있었다! 하지만 그 미소는 어딘지 조금 슬퍼 보였다.

"영상 좋더라. 재미있었어."

"다행이다. 그 영상들이 쓸모 있으면 좋겠어. 그렇지만 구독자 수는 아직 고작 72명이라……."

"73명이야. 주말에 나도 구독했거든. 그리고 걱정하지 마. 구독자 수는 금방 늘 거야."

"고마워. 너는 요즘…… 어때? 괜찮아?"

에이미는 시선을 아래로 툭 떨구었다. 티투앙은 혹시나 에이미가 자기 앞에서 눈물을 흘리지는 않을까, 걱정이 되기도 하고 기대가 되기도 했다.

"구독자 수가 엄청 떨어졌어."

에이미가 낮은 목소리로 대답했다.

"조회 수도 줄었고. '좋아요' 수는 아주 참담한 수준이야. 댓글은 말할 필요도 없고."

"휴, 네가 상처를 입지 않아야 할 텐데."

"상처라기보단 그냥…… 마음이 아파."

에이미는 살며시 웃고는 자리를 떠났다. 티투앙은 에이미의 그 처연한 모습에 또다시 반하고 말았다.

두 유튜버의 전쟁은 잠시 멈춘 듯하다가 일주일 만에 재개되었다.

티투앙이 봤을 때, 유튜버 살인마는 이제 에이미에서 관심을 뗀 것처럼 보였다. 며칠째 잠잠한 걸 보니 새로운 먹잇감을 찾는 듯했다. 그런데 이번에는 에이미가 먼저 싸움에 불을 붙였다!

에이미는 청소년들이 많이 이용하는 한 인터넷 사이트와 영상 인터뷰를 진행했다. 지나치게 과한 메이크업을 하고 나타나서는, 머저리맨처럼 모욕적인 영상으로 자신을 저격하는 악질 유튜버들을 싸잡아 공격했다. 비판과 비난의 경계를 아슬아슬하게 넘나들면서 공격을 마구 퍼부었다. 그런데 이 모습은 오히려 에이미가 지금 얼마나 불안하고 연약한지를 여실히 드러내 보여 주었다.

인터뷰를 진행하는 청소년 기자는 질문의 방향을 간신히 바꿔, 유튜브 스타로 성공하려면 어떻게 해야 하는지 물었다. 그러자 에이미는 차마 눈 뜨고 봐줄 수 없을 정도로 거만한 태도를 보였다. 자신이 청소년 가운데서는 최고의 뷰티 유튜버라나? 그래서 많은 사람들이 질투심으로 자신을 공격하는 거라고 덧붙였다.

최악의 상황은 인터뷰가 끝나 갈 무렵에 벌어졌다. 에이미가 카메라를 무섭게 노려보며 이렇게 말했다.

"나는 돼지 가면 뒤에 숨은 사람이 누군지 알아요. 사실은 처음부터 쭉 알고 있었어요. 크리스텡, 너잖아. 네 능력이 모자라서 자른 건데, 이런 식으로 보복을 해? 각오해. 내가 꼭 너를 무릎 꿇려서 사과하도록 만들 테니까!"

이 인터뷰를 보면서 티투앙은 속이 뒤틀리는 듯한 기분을 느꼈다. 사실, 에이미에게 일어난 사건은 티투앙과 아무 상관 없는 일이었다. 원래 티투앙은 물에 빠진 사람을 보면 물속으로 뛰어들기보다는 가엾어하는 쪽이었다. 싸우는 사람들을 봐도 끼어들지 않고 가만히 지켜보는 편이었다. 하지만 이 싸움은 뭔가 조금 다르다는 생각이 들었다. 사건이 주체할 수 없이 빠른 속도로 커지고 있었기 때문이다.

한편, 돼지 가면은 에이미의 인터뷰가 공개되자마자 바로 영상을 올려 맞받아쳤다. 이번 공격은 한층 더 과격했다. 돼지 가면은 전쟁 영화에서 나올 법한 음악을 배경으로 깐 채 카메라 앞에 섰다. 이번에는 에이미가 아니라 모든 유튜브 이용자들을 대상으로 말을 했다.

"안녕, 친구들! 나는 얼마 전에 내 대의를 폄하하는 폭력적인 공격을 받았어. 가만히 있을 수만은 없기에 이렇게 또 카메라를 켰지! 자, 모두에게 제안한다! 힙걸 에이미를 공격해! 유튜브 채널뿐만 아니라 인스타그램, 트위터, 페이스북, 그 멍청한 여자애가 하는 SNS 계정이라면 가리지 말고 들어가 공격을 퍼붓는 거야……."

돼지 가면은 온갖 모욕적인 소문을 활용해 '이 세상에서 사라질 때까지' 에이미를 공격하라고 부추겼다. 에이미의 인생을 망치라는 뜻이었다. 정말이지 이건 너무나 끔찍한 폭력이었다.

학교 수업이 모두 끝났을 때, 평소와 다르게 에이미 아빠가 교문 앞으로 딸을 데리러 왔다. 에이미는 길 건너편에 주차된 회색 자동차를 보고 얼굴이 하얗게 질렸다.

"아빠, 웬일이에요?"

에이미가 조수석에 앉으며 물었다. 아빠는 사뭇 심각한 목소리로 대답했다.

"에이미, 지난번에 널 괴롭히는 유튜버를 고소하지 않기로 했던 건 네가 곤란해질까 봐였어. 그런데 최근 영상을 보니, 그 사람은 선을 넘어 버렸더구나. 결국 아빠가 조치를 취했어. 유튜브에 연락해서 지금 상황을 알렸고, 우리가 피해를 입고 있으니 그 채널을 폐쇄해 달라고 요구했지. 아마 몇 시간 안으로 그 유튜브 채널은 없어질 거야."

"고마워요. 근데 아빠, 그건 별 도움이 안 될 거예요. 유튜브 채널쯤이야 이름에서 철자 하나만 바꿔도 얼마든지 또 만들 수 있으니까요. 아마 돼지 가면은 곧 다시 시작할 거예요."

"알아. 그래서 두 번째 조치를 취할 거야. 우리가 같이 말이야."

에이미가 겁먹은 표정으로 아빠 얼굴을 쳐다보았다.

"경찰서에 가서 고소를 할 거야. 지금, 우리 둘이서. 아빠 혼자 하고 싶지 않아서 널 데리러 온 거야."

에이미는 그 말에 반대하려고 입술을 달싹였지만, 아빠는 손을 들어 말을 막았다. 그리고 한층 단호한 목소리로 말을 이었다.

"이 결정은 바뀌지 않아. 여기, USB에 우리한테 필요한 증거들을 다 담아 두었어. 우리 일을 맡아 주기로 한 변호사 말로는, 고소를 하면 너를 괴롭힌 사람이 누구인지 금방 찾을 수 있다고 하더라. 처벌도 받게 될 거라고……."

에이미는 결국 울음을 터뜨렸다.

"미안하다, 우리 딸. 그렇지만 더는 선택의 여지가 없어. 우리끼리 해결하는 건 힘들어. 경찰이 개입해야만 해. 아빠는 우리가 너무 오래 기다렸다는 생각이 들어."

몇 시간 뒤 〈#머저리들에게_질렀다〉 채널은 유튜브에서 삭제될 터였다. 그러나 일은 이미 벌어졌다. '디지털 살인'에 동참하라는 외침은 널리 퍼졌고, 모든 SNS에 공유되었다.

티투앙은 이번 일로 작은 교훈을 얻었다. 악마가 당신을 잊었을 때, 절대로 도발하면 안 된다는 것. 악마는 기뻐하며 다시 나타날 테니까.

잊혀지고 싶지 않은

월요일 아침, 티투앙은 중앙 현관에 있는 기둥에 등을 기댄 채 팔짱을 끼고 서 있었다. 등교하는 학생들을 주의 깊게 지켜보았다.

티투앙 눈에 맨 처음 들어온 사람은 크리스텡이었다. 크리스텡은 무척 어두운 얼굴을 하고 있었다. 원래도 잘 웃진 않지만……. 그런데 놀랍게도 그 뒤로 아널드가 보였다. 평소라면 첫 수업 시작종이 울린 다음에야 교실로 헐레벌떡 뛰어오는 녀석인데, 오늘은 12분이나 일찍 등교한 것이다!

이건 충분히 수상한 일이었다. 가만히 보니 아널드는 크리스텡을 따라잡으려 하는 듯했다. 그러다 티투앙을 발견하고선 갑자기 방향을 틀어 가까이 다가왔다.

"안녕, 티투앙! 잘 지냈어?"

"응. 근데 너, 오늘 학교에 일찍 왔다."

"아아, 길이 안 막혀서."

티투앙은 씩 미소를 지었다. 아널드는 원래 걸어서 등교하기 때문에 그건 너무도 뻔한 거짓말이었다. 그렇다 해도 티투앙은 아널드가 자신을 보고 먼저 다가와 인사를 한 게 무척 기뻤다. 어쩌면 두 사람 사이가 회복될 수 있을지도 모르니까.

"그럼 먼저 간다. 좋은 하루 보내라."

그런데 아널드는 빠르게 인사한 다음, 티투앙의 대답도 듣지 않은 채 휭하니 가 버렸다. 티투앙은 아널드의 등에다 대고 어색하게 손을 흔들었다. 아무래도 아널드와 다시 절친이 되려면 시간이 좀 더 필요한 모양이었다.

잠시 후 에이미가 등장했다. 에이미는 눈에 띄게 달라진 모습이었다. 밝고 화려한 옷 대신 수수한 청바지를 입었고, 평소에 메고 다니던 분홍색 가방 대신 아주 평범하게 생긴 초록색 가방을 멨다. 신발은 여전히 화려했는데 은색 글리터 운동화였다. 머리칼은 하나로 모아 높게 올려 묶었다.

바로 그때, 누군가 소리를 지르며 에이미에게 달려들었다.

"이 나쁜 계집애야! 너, 왜 인터뷰에서 내가 한 짓이라고 한 거야? 너 때문에 내 이미지가 어떻게 된 줄 알아?"

에이미도 지지 않고 목소리를 높였다.

"야, 니 미쳤니? 네가 한 짓이면서 왜 발뺌이야?"

두 사람은 서로를 향해 마구 욕설을 내뱉기 시작했다. 소리가 점점 커지자 주위로 구경꾼들이 몰려들었다. 티투앙은 그 모습을 보며 '똥 주위에 몰려든 파리 떼' 같다고 생각했다. 그러면서도 좀 더 자세히 듣기 위해 가까이로 다가갔다.

구경하는 학생들은 두 무리로 나뉘었다. 한쪽은 에이미 지지자들이었고, 다른 한쪽은 머저리맨 지지자들이었다. 누구의 편도 아닌 애들은 그저 싸움 구경을 즐기고 있었다. 그런데 어디선가 아널드가 나타나 싸움에 끼어들었다.

"야, 에이미! 증거도 없이 사람 의심하는 거 아니야!"

아널드는 에이미를 향해 손가락질을 하며 소리쳤다. 하지만 에이미는 조금도 당황하지 않았다. 아널드 뒤로 숨은 크리스텡을 가리키며 또박또박 말했다.

"당연히 쟤가 한 짓이지! 목소리만 변조하면 누가 모를 줄 알고? 말투며 쓰는 단어며, 허접하기 짝이 없는 게 딱 쟤잖아!"

"크리스텡 부모님이 너를 고소할 수도 있어."

아널드가 험악한 표정을 지으며 말했다. 하지만 에이미는 콧방귀를 꿔었다.

"아, 그래? 그것참 좋은 생각이네! 그런데 어쩌니? 고소는 우리 아빠가 이미 먼저 하셨는걸. 그러니까 크리스텡, 네가 뭘 감당하게 될지 어디 한번 두고 봐. 이 쓰레기야!"

두 여학생은 점점 목소리를 높였다. 서로의 머리채를 잡을 듯이 가까이 붙었다가, 싸움이 났다는 얘기를 듣고 달려온 선생님이 개입하면서 겨우 떨어졌다. 두 사람은 제지를 당하는 순간까지도 이를 부드득 갈며, 교문 밖에서 다시 보자고 고래고래 소리를 질렀다.

싸움이 끝나자 구경하던 학생들은 빠르게 흩어졌다. 티투앙만이 그대로 남아서 숨을 고르는 에이미를 지켜보았다. 에이미는 그 시선을 눈치채고는 잠시 망설이다가 티투앙에게 가까이 다가갔다.

"안녕, 티투앙. 네 유튜브 채널은 어때?"

"어, 어……. 천천히 하고 있어."

티투앙은 에이미가 말을 걸 거라고는 예상하지 못해서 말을 더듬었다. 에이미는 자조적으로 말했다.

"그래, 내 채널이랑 똑같구나."

"구독자 수가 많이 줄었어?"

티투앙은 무심코 이렇게 묻고는 너무 배려 없는 질문이라는 생각이 들어 곧바로 후회했다. 에이미는 내심 거북했는지 얼른 화제를 돌렸다.

"네 다음 영상 주제는 뭐야?"

"아, 오크예퀴들 빙하가 사라진 걸 기리는 기념패 설치에 대해 이야기 해 보려고. 오크예퀴들 빙하는 아이슬란드에 있어. 기사를 하나 읽었는데, 2050년이 되면 아이슬란드의 모든 빙하가 녹아서 사라질 거래."

"지구 온난화 때문에?"

"맞아."

"그런데 아이슬란드 사람들은 그걸 왜 불평하는 거야? 자기 나라에 해변이 생기면 관광객이 많이 올 텐데. 그럼 돈도 많이 벌고 좋잖아?"

티투앙은 그 말을 듣고 표정이 굳어 버렸다. 그러자 에이미가 마구 웃었다.

"하하하! 농담이야, 농담! 그런 얼굴 하지 마."

티투앙은 곧 어색하게 웃었지만, 농담이라는 에이미 말을 믿을 수가 없었다. 에이미는 지구의 운명에 대해서는 조금도 관심이 없어 보였다. 마침 수업 시작종이 울리는 바람에 두 사람의 대화는 그렇게 끝이 났다.

역사 선생님은 수행 평가 시험지를 학생들에게 일일이 돌려주었다. 몇몇 학생은 얼굴을 찌푸렸고, 몇몇 학생은 미소를 지었다. 티투앙은 역사 과목을 특별히 좋아하는 건 아니지만, 특정한 날짜나 사건을 기억하는 데는 탁월했기 때문에 꽤 좋은 점수를 받았다.

교실 분위기는 냉랭했다. 금방이라도 폭발할 듯 묘한 긴장감이 흘렀다. 에이미와 크리스텔은 교실의 양 끝에 앉아 있었다. 얼마 전까지만 해도 늘 나란히 앉던 사이였지만. 아널드 역시 티투앙과 멀리 떨어져 앉았다.

"오늘은 프랑스 혁명에 대해 이야기해 보자."

리샤 선생님이 교탁 앞에 서서 말했다.

"뭔가 떠오르는 게 있는 사람?"

학생들을 둘러보던 선생님의 시선이 에이미에게 가서 멈췄다. 에이미는 고개를 푹 숙이고 있었다. 울음을 참고 있는지 연신 어깨를 들썩였다.

"에이미, 무슨 일 있니?"

리샤 선생님이 에이미에게 다가갔다. 아마도 수행 평가 점수가 좋지 않아서 그러는 모양이라고 생각하는 듯했다.

"이번 수행 평가에서 점수를 좀 못 받았다고 해서 큰일이 나는 건 아니야. 그리고 에이미는 지금 힘든 시기를 보내고 있잖니? 공부에 집중하기 더 힘들……."

"절 그냥 내버려 두세요!"

에이미가 소리를 지르며 선생님 말씀을 가로막았다. 그리고 큰 소리로 엉엉 울기 시작했다. 선생님은 너무 당황한 나머지 어떻게 해야 할지 몰라 우왕좌왕했다. 그때 누군가가 보건실에 데려다주겠다고 말하자,

에이미는 자리에서 벌떡 일어나 교실 밖으로 뛰어나갔다.

“자, 조용.”

선생님은 웅성거리는 학생들의 주의를 집중시키기 위해 애썼다.

“쟤, 인기가 추락해서 저러는 거예요.”

아널드가 잽싸게 말했다. 티투앙은 안타깝다는 듯 고개를 천천히 저었다. 크리스텡이 아널드의 말을 거들었다.

“쟤 유튜브 채널이 거의 망할 지경이거든요. 한 달만 지나면 모든 사람이 그 채널을 잊어버릴걸요? 에이미도 마찬가지고요.”

“어떤 유튜버 살인마 때문이죠.”

티투앙이 참지 못하고 끼어들었다.

“조용!”

선생님이 나섰다.

“에이미의 상황은 그보다 훨씬 더 복잡할 거야. 인기 이야기가 나왔으니까 말인데, 이 기회에 새로운 단어를 배워 보도록 하자. ‘아타자고라포비아’라는 말 들어 봤니? 이게 무슨 뜻일까? 유명인들, 특히 요즘은 유튜버들에게 많이 해당되는 용어 같아.”

“‘포비아’는 두려움이나 공포를 뜻하는 말이에요.”

티투앙이 대답했다. 그러다 곧 충동을 참지 못하고 아는 척을 했다는 사실을 자각하고는 입술을 깨물었다. ‘똑똑한 척하는 걸로 보일까 봐 두

려운 마음'을 뜻하는 단어는 어디 없는지 문득 궁금해졌다.

"맞아, 티투앙. 포비아는 그런 뜻이지. 방금 말한 '아타자고라포비아'는 친구들이나 팬들처럼 다른 사람들에게 잊혀지는 것에 대한 두려움을 말해. 한마디로 무시 공포증이라 할 수 있지. 이 두려움이 극단적으로 커지면 심각한 우울증을 앓게 될 수도 있어. 그러니까 만약 친구가 이런 걱정을 하고 있다면, 먼저 다가가서 따뜻하게 대해 주면 좋을 것 같아. 아널드, 그리고 크리스텡, 알겠니?"

"네, 선생님."

아널드는 전혀 동의하지 않는다는 표정으로 대답했다. 선생님이 꾸짖는 듯한 눈빛으로 아널드를 노려보았다. 티투앙은 아널드의 콧대를 꺾기 위해선 그보다 더 강력한 게 필요하다고 생각했다.

"그럼 이 단어는 들어 봤니? '노모포비아'."

선생님은 잠시 뜸을 들였다가 말을 이어 갔다.

"이 단어는 여러분 모두와 관련이 있어. 바로 휴대폰이나 태블릿 PC에서 떨어지는 것에 대한 두려움을 뜻하거든. 지금 내가 이 얘기를 왜 했을까? 케뱅! 책상 아래 숨기고 있는 거, 앞으로 가지고 나와."

케뱅의 얼굴이 순식간에 창백해졌다.

"어서!"

"아, 안 돼요. 선생님, 제발요. 지금 껐어요!"

케벵은 간절한 목소리로 사정하듯 말했다. 하지만 아무 소용 없었다. 결국 케벵은 세상에서 가장 사랑하는 물건과 헤어져야 했다. 선생님이 휴대폰을 빼앗은 것이다. 케벵은 모두가 깜짝 놀랄 만큼 크게 화를 내었다. 노모포비아의 대표적인 사례였다.

나중에 알고 보니, 그때 케벵은 트위터에 이런 글을 올리고 있었다.

힙걸 에이미가 학교에서 수업 도중에 아타자고라포비아로 히스테리를 부렸다!

이 말은 두 시간도 채 지나지 않아 수백수천 군데로 퍼졌다.

우연의 일치일까? 그날 저녁 뉴스에서는 SNS에서 마구잡이로 퍼지는 악성 댓글의 폐해에 대해 날카롭게 분석하는 보도가 나왔다. 십 대 래퍼가 인터넷에 짧은 영상을 올린 뒤 수많은 네티즌에게 공격당했다는 내용이었다. 그 소녀는 그 영상에서 아무런 의도 없이 그냥 재미 삼아 박자에 맞춰 랩을 했다.

"난 어려운 나라들을 돕는 게 좋아. 그들은 가난하고, 우리 프랑스 사람들은 부자니까."

해서는 안 되는 말이었다. 영상 조회 수는 200만 회가 넘었고, 익명의 디지털 하이에나들은 잔혹함의 극치를 보여 주었다. 소녀를 향해 비열한 욕설을 퍼붓고, 자살을 부추겼으며, 위협까지 가했다. 소녀는 셀 수 없이 많은 장난 전화를 받았고, 학교에서는 따돌림을 당했다. 이런 일들이 일 년 넘게 계속되었다. 몇몇 우호적인 댓글의 조언에 따라 해명 영상을 올리고 무분별한 비난을 멈춰 달라고 부탁해 보았지만 역효과만 날 뿐이었다. 기사를 보도하는 기자의 마지막 한마디는 마치 사형 선고 같았다.

"법적으로도, 직접 맞서 싸우는 것으로도 사이버 폭력에는 버텨 낼 재간이 없습니다."

티투앙은 이 보도가 말하는 메시지가 무엇인지 정확하게 읽어 냈다. 사이버 폭력은 유튜버를 '위한' 호의적인 경고가 아니라, 평범한 아마추어를 겨냥하는 진짜 몹쓸 위협이라는 사실을 말이다.

티투앙은 방으로 돌아가면서 또 한번 에이미를 떠올렸다. 그리고 다짐했다.

'에이미를 지켜야 해.'

새로운 타깃

에이미는 눈물범벅인 얼굴로 모니터를 바라보았다. 〈힙걸 에이미〉 채널은 이제 손쓸 수 없을 정도로 엉망이 돼 버렸다. '이 세상에서 사라질 때까지' 에이미를 공격하라는 돼지 가면의 발언에, 익명의 사용자들이 떼 지어 움직이기 시작했다. 〈#머저리들에게_질렀다〉 채널에서 넘어가 에이미를 향해 무차별적인 공격을 가했다. 그들에게 자비는 없었다.

힙걸? 웃기고 있네. 이 영상을 보는 건 시간 낭비야. 차라리 우리 집 강아지랑 산책을 한 번 더 하겠어.

너, 메이크업에 재능 없어. 완전 후져! 차라리 자살이나 해라! 그게 사회에 더 도움이 될걸.

네 영상이 뜨니까 내 모니터가 더러워졌잖아. 재수 없고 더러운 인간 쓰레기!

악성 댓글은 모두 익명으로 달렸는데, 무척이나 잔인하고 폭력적이었다. 심지어 쉴 새 없이 늘어 갔다. 이제 에이미는 자신의 유튜브 채널은 물론, 평소 이용하던 SNS 계정을 더 이상 유지할 수가 없었다. 결국 모든 계정에 접속하지 않는 편을 택했다.

에이미는 이름 모를 사람들이 자신을 모욕하고 비난하는 것보다, 이제 더는 영상을 만들어 유튜브에 올릴 수 없다는 사실이 몹시 슬펐다. 이제 유튜버로서의 삶을 포기하는 것 말고는 선택의 여지가 없었다.

대체 어쩌다 이렇게 된 걸까? 에이미는 이 모든 게 오로지 한 명의 잘못된 질투심 때문이라고 생각했다. 그리고 그 한 명의 정체가 크리스텡이라고 확신했다.

"하지만 내가 뭘 어떻게 할 수 있겠어?"

에이미는 두 손으로 얼굴을 감싸며 탄식했다.

"그 애의 목을 베어 버릴 수도 없고."

만약 지금 에이미 눈앞에 크리스텡이 있다면? 에이미는 그 바보 같은 애의 목을 두 손으로 비틀어 버리고도 남았을 것이었다. 이런 생각은 처음이 아니었다. 불면증으로 긴긴밤을 지새우는 동안 에이미는 상상 속에서 더한 짓을 수도 없이 저질렀다.

이제 학교에 가는 것 자체가 두려웠다. 학교에서 크리스텡을 마주하게 되면 가만히 있을 자신이 없었다. 그 애에게 복수할 수만 있다면……. 하지만 그럴 수는 없었다. 아직은 마음에 남아 있는 양심이 그런 일을 저지르지 못하게 막아섰다. 문제는 그것만이 아니었다. 이 불같은 분노가 결국에는 에이미 자신마저 잡아먹을 것만 같았다. 그건 스스로도 바라는 게 아니었다.

그렇다면 뭘 해야 할까? 꾹꾹 참으면서 이렇게 혼자 방 안에서 우는 것 말고……. 그나마 에이미는 이 전쟁을 혼자서 겪고 있는 건 아니라고 생각했다. 티투앙이 있어서였다. 무엇보다 그 애는 착했다. 그리고 에이미를 좋아했다. 언젠가부터 그런 확신이 들었다. 티투앙이 자신의 취향이 아니라는 게 아쉬울 뿐.

그때 누군가 문을 두드렸다. 아빠였다.

티투앙은 카메라 앞에 섰다. 등 뒤에는 인터넷에서 구매한 대형 포스터를 걸어 놓았다. 맑고 푸른 물길이 아마존을 구불구불 가로지르는 풍경을 하늘에서 찍은 모습이었다. 순수한 자연 그대로의 아름다움이 담긴 사진이었다.

그리고 둥글게 말아 놓은 또 다른 포스터를 손에 들고 두 눈을 꼭 감은 채 집중했다. 곧이어 눈물 한 방울이 뺨을 타고 흘렀다! 이건 의도한 눈물이었다. 티투앙은 빠르게 숨을 내쉬며 고개를 들고 카메라 렌즈를 뚫어져라 노려보았다.

잠깐 동안 눈물을 흘리며 훌쩍이다가 손에 들고 있던 포스터를 펼쳤다. 그 사진 역시 하늘 위에서 내려다본 아마존 숲의 풍경이었다. 하지만 이번에는 맑고 푸르지 않았다. 검게 탄 나무 기둥이 비죽 솟아 있었고, 듬성듬성한 초록색 나무 사이로 까만 바닥이 드러났다. 게다가 곳곳에 붉은 불길이 사납게 솟아오르고 있었다. 마치 세상의 종말을 보여 주는 듯했다.

"나의 집, 지구가 불타고 있어!"

티투앙은 한껏 슬픔에 잠긴 목소리로 말했다.

"이 사진이 찍혔을 때, 아마존 전체에서 8만 곳이 불타고 있었어. 자그마치 8만 곳이라고! 게다가 브라질 국립 우주 연구소는 어제와 그제 이틀 동안 1,600여 곳에서 새로운 화재를 발견했어. 사람이 여기에 불을 지른 거야. 작물을 심고 광물을 캐내기 위해서! 이래도 관심 갖지 않을 거야? 여기가 전부 타 버리면, 다른 곳으로 고개를 돌릴 거니? 더 이상 자연을 함부로 망가뜨려서는 안 돼. 부디 좀 더 깊이 생각하기를 바라. 지금 불타고 있는 이곳은…… 바로 우리 모두의 집이니까!"

티투앙은 숨을 참고 몇 초 동안 가만히 있다가, 얼른 달려가서 카메라를 껐다. 그리고 한 손을 코밑에 갖다 대고 요란하게 훌쩍였다.

"후! 강렬하네."

애초에 슬픈 감정을 담아서 촬영할 생각이긴 했지만, 이렇게나 몰입할 줄은 몰랐다. 티투앙은 벽에 걸어 둔 포스터를 멍하니 바라보면서, 이번 촬영은 진심이 없었다면 찍지 못했을 거라는 생각을 했다.

영상의 앞부분에 아마존 숲을 집어삼킨 화재에 대한 기사를 넣어 극적으로 편집해 보기로 했다. 그런 다음에 구독자들에게 이 문제에 대해 호소하고 경고하는 말을 넣어 마무리할 셈이었다.

최신 유행하는 신발, 기름진 패스트푸드, 쉽게 쓰고 버리는 일회용품……. 단지 편안하고 안락한 삶을 누리기 위해 우리가 별생각 없이 날마다 하고 있는 가벼운 소비와 무분별한 사용을 멈추지 않는다면, 지구는 영원히 돌이킬 수 없는 지경이 될 거라고 말이다.

대본을 다시 한번 꼼꼼히 읽었다. 혹시라도 역효과를 불러일으키는 말을 하는 건 아닌지 곰곰 고민해 보았다. 무슨 말을 해야 할까? 사실 유튜브를 통해 정보만 보여 주고 그걸 시청한 구독자가 스스로 생각하고 행동하게끔 놔둘 수도 있다. 하지만……. 티투앙은 어깨를 으쓱했다. 환경 운동을 위해 유튜브를 시작한 이상 수동적인 역할을 하고 싶지는 않았다.

"그래, 나는 행동할 거야."

티투앙은 스스로에게 다짐하듯 큰 목소리로 중얼거렸다.

그리고 에이미를 떠올렸다. 어떤 면에서 본다면, 지금 에이미가 겪고 있는 일들이 지구에서 일어나는 일들과 조금 비슷하다는 생각이 들었다. 아마존을 휩쓴 화재처럼, 에이미에게 일어나는 갖가지 사건들 때문에 그 아이의 세계가 산산이 무너지고 있었으니까…….

티투앙은 며칠 전에 문득 떠오른 생각을 이제 실행해야겠다는 확신이 섰다. 곧이어 휴대폰을 들고 번호를 눌렀다.

"여보세요, 삼촌? 저, 티투앙이에요. 지금 일하는 중이세요? 제가 방해한 건 아니죠? 부탁할 게 있는데요……."

학교 분위기는 극으로 치달았다. 학생들은 '힙걸파'와 '안티 힙걸파'로 극명하게 나뉘었다.

첫 번째 전쟁은 오후 수업의 쉬는 시간에 벌어졌다. 마침 에이미는 이틀 전부터 독감에 걸렸다고 하면서 학교에 나오지 않고 있었다. 사실은 유튜브 채널을 중단한 뒤로 매우 의기소침한 상태였다. 크리스텡은 다른 친구와 에이미의 건강 상태에 대해 떠들며 깔깔거렸다. 그 자리엔 아널드도 함께 있었다.

그때 한 여학생이 크리스텡에게 다가갔다.

"야, 친구가 아프다는 게 웃겨?"

그 아이는 그렇게 말하며 크리스텡의 어깨를 툭 쳤다. 그러자 크리스텡과 함께 있던 다른 친구들이 자리에서 벌떡 일어나 맞받아쳤다.

"야, 말라깽이! 우린 너 안 불렀거든!"

"뭐야, 왜 시비야?"

말싸움은 그렇게 시작되었다. 이번에는 티투앙도 가만히 보고만 있지 않았다. 원래는 자신에게 불똥이 튈까 봐 말싸움에 끼어들지 않는 편이었지만, 아널드가 크리스텡 옆에 앉아 싸움을 거들고 있는 모습을 보자 왜인지 참을 수가 없었다. 티투앙은 힙걸파 여학생 옆으로 다가간 뒤 아널드에게 대놓고 말했다.

"아널드, 실망이다. 난 네가 좀 더 똑똑한 줄 알았는데."

"아, 그래? 넌 세상에서 자기가 제일 잘난 줄 아는 그 허영심 가득한 여자애를 응원하는 게 똑똑해 보이나 봐? 근거도 없이 크리스텡을 의심하고, 사과도 없이 자기 방 침대에 파묻혀 있는 애를?"

서로를 향한 목소리는 점점 커졌다. 티투앙이 이렇게 큰 목소리를 내본 건 지역 농구 팀을 응원할 때 빼고는 처음이었다. 말다툼이 몸싸움으로 번지기 직전에 쉬는 시간이 끝났음을 알리는 종소리가 울렸다.

학교 수업이 모두 끝난 오후 4시, 티투앙은 서둘러 휴대폰 전원을 켰다. 삼촌에게서 문자 메시지가 와 있었다.

✉ 편할 때 전화해.
삼촌

티투앙은 학교에서 십여 미터쯤 걸어 나와, 버스 정류장에 놓인 벤치 가장자리에 자리를 잡고 앉았다. 그리고 휴대폰을 꺼내 번호를 눌렀다.

"여보세요, 삼촌! 저예요. 찾아냈어요?"

"안녕, 티투앙! 먼저 말하지만, 아무리 경찰이라고 해도 판사의 영장 없이는 비밀 정보 요원처럼 누군가의 정보를 함부로 알아낼 수 없어."

"저번에도 설명해 주셨어요. 그래서 누군지는 못 알아낸 거예요?"

"유튜브에서 네 친구를 공격한 사람의 신원을 알려 주는 건 법으로 금지돼 있어. IP 주소는 개인 정보거든. 그 대신, 사이버 수사대에서 일하는 동료 덕분에 이번 일에 대해서 몇 가지 알아내긴 했는데……."

삼촌은 뜸을 들였다. 티투앙은 애가 탔다.

"그래서요? 그 애가 맞아요?"

"네 여자 친구에게 고소를 하라고 조언을 해 주면 좋을 거야. 가해자 유튜버의 영상을 모두 확인했는데, 공개 모욕과 증오 및 폭력 선동이 명백해서 법적으로 처벌이 가능하거든. 그리고 중요한 거 하나 더. 네 여자 친구가 인터뷰에서 누군가의 실명을 밝히면서 비방을 한 것도 명예훼손에 해당하기 때문에, 똑같이 법적인 문제가 생길 수 있어. 법정 싸움으로 커지게 되면 비용이 꽤 들 거야."

"알겠어요."

티투앙은 잠시 생각에 잠겼다가 말했다.

"어쨌든, 그 유튜버 살인마가 크리스텡인 건 맞는 거예요?"

"유튜버 살인마? 그렇게 말할 수도 있겠네. 공개적인 곳에 영상을 올려 누군가를 명예 훼손 하는 건 꽤 심각한 일이니까. 그리고 네 질문에 답하자면, 유튜브에서 제공한 IP 주소와 네가 알려 준 정보들이 일치했어. 그렇지만 이 정보에 대해서 너는 아무것도 할 수 없고, 해서도 안 돼! 에이미를 데리고 나를 한번 찾아와. 어떤 조치를 취할 수 있을지 그 애랑 이야기해 보면 좋겠다. 그리고 필요하다면 크리스텡이라는 아이도 부를게. 법적 책임에 대해서 간단하게 설명해 주고, 양측 부모 입회하에 대면 조사 정도만 진행하면 문제를 해결하기에 충분할 거야."

"와, 고마워요. 삼촌, 삼촌은 이 지구에서 가장 멋진 분이에요. 다음번에 유튜브 영상을 찍을 때 꼭 삼촌이 최고라고 말할게요!"

"뭐? 절대 안 돼!"

"하하하! 장난이에요. 고마워요. 일요일에 집으로 가도 돼요? 그때 좀 더 얘기해요. 괜찮죠?"

"당연하지! 티투앙, 나중에 보자."

티투앙은 전화를 끊고 나서 오랫동안 생각에 잠겼다. 이 문제를 해결할 실마리를 찾은 기분이었다. 집에 도착하자마자 에이미에게 전화를 걸었다.

"여, 여보세요?"

에이미 목소리는 잔뜩 주눅 들어 있었다.

"안녕, 에이미? 너한테 해 줄 얘기가 있어서……."

"뭐? 또 무슨 얘기? 빨리 말해 줄래? 난 지금, 그러니까, 좀 바빠서. 이것저것 생각할 게 많거든. 그래서 네 얘기를 해석해서 알아들을 시간이 없어."

"널 공격하는 유튜버에 대한 얘기야."

"아, 그거. 그래, 그럴 줄 알았어. 그래서?"

"사실 우리 삼촌이 경찰이거든. 그래서 이 일에 대해 좀 물어봤어. 삼촌이 너한테 몇 가지 조언을 해 주라고 해서."

"티투앙, 네가 신경 쓸 필요 없어. 할 수 있는 건 이미 다 했어. 아빠가 경찰에 고소를 했고, 변호사도 선임하셨어. 난 총체적 난국이야. 다시는 사람들 앞에 설 수 없을 것 같아……."

"그런 말 하지 마, 에이미."

"매일 악몽을 꿔. 내가 불에 달궈져서 까맣게 타 버리는 꿈을……. 티투앙, 이제 나한테서 유튜브는 영원히 끝이야. 삼촌께 고맙다고 말씀드려 줘. 그리고 난 괜찮아. 이미 죽은 목숨이거든."

"그만! 그만하라니깐? 에이미, 왜 그래!"

"미안. 안녕, 티투앙."

에이미는 다급하게 전화를 끊었다. 티투앙은 왠지 가슴이 찢어질 듯 아팠다.

그날 저녁, 티투앙은 돼지 가면이 새로운 영상을 올렸다는 메시지를 받고 얼른 유튜브에 들어가 보았다. 채널의 이름은 〈#멍청이들에게_질렀다〉로 바뀌어 있었다. 검열을 피하기 위해서 이름을 살짝 바꾼 게 분명했다.

유튜버 살인마는 스포츠 경기가 끝났을 때 나오는 승리 음악을 크게 틀어 놓고 색종이 조각을 마구 흩뿌렸다.

"우리가 이겼다! 우리가 이겼어! 우리가 최고다!"

돼지 가면은 기쁨을 주체하지 못하고 자리에서 일어나 방방 뛰며 마구 소리를 질렀다.

"그래, 친구들! 힙걸 에이미가 유튜브 채널을 닫았어. 인스타그램, 페이스북, 트위터 계정도 전부! 모두 수고했어. 푸하하하하! 이제 걔는 쓰레기통에 처박힌 신세나 다름없다고! 힙……, 뭐였지? 세상에! 벌써 걔 이름을 잊어버렸어! 자, 이제 다음으로 공격할 머저리에 대한 이야기를 해 보자. 이번에는 남자애야. 내가 엄청나게 멍청해 보이는 채널을 하나 찾았거든!"

티투앙은 입술을 꽉 깨물었다. 이 나쁜 놈이 또다시 무고한 희생양을 만들어 낼 셈이었다. 아무래도 머리에 문제가 있는 게 분명했다. 아니면 사이코패스거나. 그것도 아니면 둘 다겠지! 그래서 더욱더 위험한 인물이었다.

"바로……, 〈지구는 나의 집〉!"

돼지 가면이 큰 소리로 외쳤다. 티투앙은 그대로 굳어 버렸다. 얼굴이 벌겋게 달아올랐다.

"얘는 머저리 중에서도 최고야. 일단 콘셉트는 괜찮아 보이더라고? 지구 온난화, 기후 위기, 원자력 사고……. 그런데 이 녀석, 완전 겁쟁이야! '세상의 종말이 온다! 으악, 무서워! 우리는 모두 죽게 될 거야아아아!' 카메라 앞에 서서 우는소리만 해 대지 뭐야? 숲이 불타는 사진을 보면서 꼴사납게 울기만 해. 아무래도 우리의 지구가 최악의 변호인을 만난 것 같아. 이 바보 같은 유튜버의 이름은 티투앙이래. 지금 자막으로 나오는 링크 보이지? 가서 구경해 봐. 자, 어서! 돌격해! 댓글을 달아! 일주일도 못 버티게 만들자."

영상은 비열한 돼지 가면의 얼굴을 가까이 비춘 뒤에 끝이 났다. 자막으로 〈지구는 나의 집〉 채널 링크가 나오고 있었다.

티투앙은 목에 무언가가 걸려 꽉 막힌 듯한 기분이 들었다.

익명의 살인마들

자정이 지난 시각이지만 티투앙은 깨어 있었다. 이불 안으로 들어가 태블릿 PC로 자신의 유튜브 채널을 보고 있었다. 돼지 가면이 지휘하는 악당들의 공습 결과로 조회 수는 8,000회가 넘었고, 악성 댓글은 400개가 넘게 달렸다. '싫어요' 숫자도 빠르게 늘어 갔다.

새로운 양상도 보였다. 티투앙을 패러디한 영상들이 유튜브에 업로드된 것이다. 그중 한 영상에는 환자복을 입은 남자아이가 지구본 앞에서 눈물을 펑펑 쏟고 있었다. 다른 영상에서는 원숭이 가면을 쓰고 괴상한 반바지를 입은 아이가 늑대 인형을 들고서 도와 달라며 고래고래 소리를 쳤다.

티투앙은 그 영상들을 보며, 자신과 관련된 일만 아니었으면 재미있어할 만한 아이디어라는 생각이 들었다. 그 사실이 티투앙을 더 슬프게 만들었다. 어쩌면 사람이 이렇게까지 못될 수 있는 걸까? 인간에 대한 혐오감이 훅 치밀었다.

티투앙은 태블릿 PC를 끄고 잠을 청했다. 하지만 잠이 오지 않았다. 자신보다 먼저 이런 일을 겪은 에이미가 얼마나 힘들었을지 그제야 온전히 짐작이 갔다. 사실 티투앙은 그동안 에이미에게 일어나는 일들을 옆에서 바라보고 걱정을 하면서도, 자기 일처럼 심각하게 생각하지는 않았던 것이다.

티투앙은 다시 마음을 다잡았다. 절대로 익명의 살인마들보다 먼저 지치지 않겠다고 다짐했다. 이깟 욕설과 비방은 지구를 위한 투쟁에 비하면 정말 아무것도 아니기 때문이었다. 그리고 티투앙은 아무것도 잃을 것이 없었다.

'내일 에이미를 만나러 가야겠어.'

티투앙은 이렇게 생각하며 잠이 들었다.

오후 2시가 조금 지났을 무렵, 티투앙은 아이보리색 집의 대문 앞에서 있었다. 에이미에게는 방문 사실을 미리 알리지 않았다. 에이미가 만나 주지 않겠다고 할까 봐 겁이 나서 차마 입이 떨어지지 않았다.

티투앙은 미친 듯이 뛰는 심장을 진정시키기 위해 깊게 심호흡을 했다. 심장이 왜 이렇게 빨리 뛰는 걸까? 드디어 미쳤나 보나! 머리를 마구 흔들었다.

'진정해. 난 단지 독감에 걸린 친구를 보러 온 거야.'

그러다 티투앙은 아픈 친구를 위해 챙긴 선물이라고는 지난 삼 일간의 수업 필기 공책과 과제뿐이라는 사실을 깨달았다. 꽃 한 송이, 아니 사탕 한 봉지라도 들고 왔어야 했는데…….

'이런 멍청이!'

티투앙은 스스로를 나무랐다. 그리고 주위를 둘러보았다. 잔디밭 사이 화단에 피어 있는 열 송이 남짓한 꽃들 중에 주황색 꽃 하나가 눈에 들어왔다.

저 꽃이라도 꺾어야겠다는 생각으로 손을 슬쩍 뻗는 순간, 갑자기 문이 달칵 열렸다. 분홍색 추리닝 바지에 고양이가 그려진 헐렁한 티셔츠를 입은 에이미가 걸어 나왔다. 에이미는 티투앙을 보고는 장난스러운 표정을 지었다.

"어머, 티투앙. 어서 와. 우리 집 화단에서 꽃이라도 꺾어 주려고?"

티투앙은 멍청한 생각을 들켰다는 사실에 얼굴이 새빨갛게 달아올랐다. 어정쩡하게 뻗고 있던 손을 내리고 에이미를 어색하게 바라보았다.

"아, 아니야. 그냥 꽃이 예뻐서……. 내가 꽃을 좋아하거든. 몸은 좀 어때?"

티투앙은 대답을 듣지 않아도 에이미의 상태가 어떤지 알 수 있었다. 얼굴은 몹시 창백한 데다, 눈 밑엔 다크서클이 짙게 내려와 지친 기색이 역력했다. 살도 좀 빠진 듯했다. 전체적으로 수척해 보였다. 에이미는 어물쩍 대답했다.

"괜찮아. 근데 무슨 일이야?"

"네가 괜찮은지 궁금해서 왔어. 미리 얘기 안 해서 미안해."

"괜찮아. 잠깐 들어올래?"

"아, 괜찮……. 아니, 그래. 좋아!"

티투앙은 서둘러 말을 바꿔 대답했다. 그리고 속으로 생각했다.

'휴, 이 바보. 크리스텡 말이 맞을지도 몰라. 난 정말 멍청이야.'

티투앙은 반쯤 최면에 걸린 상태로 에이미를 따라 집 안으로 들어갔다. 현관과 복도를 지나 나무 계단을 올라갔다. 여자애 방에 들어가는 건 난생처음이었다.

그것도 단둘이서!

"사실은 너 오는 거 봤어."

에이미가 고갯짓으로 창문을 가리키며 말했다. 무지개색 커튼이 드리워진 창 너머로 길게 뻗어 있는 길이 보였다. 티투앙은 열려 있는 창문을 바라보며, 만약 오늘 방문하겠다고 미리 전화했다면 에이미가 자신을 애타게 기다렸다고 착각했으리라는 생각이 들었다.

"앉아."

에이미가 화려한 화장대 옆에 놓인 의자를 가리켰다.

"오, 여기가 네가 촬영을 하는 곳이구나?"

티투앙은 화장대를 둘러보며 무의식적으로 말했다.

"음, 촬영을 했던 곳이지. 이젠 아니야. 조명이랑 화장품 다 갖다 버릴 거야."

"흠……, 이 더러운 폭풍은 곧 지나갈 거야. 난 네가 유튜브를 그만두지 않으면 좋겠어."

"그럴 일은 없을 거야. 어제 얘기했던 것처럼 난 이미 끝났어. 얼굴도 모르는 사람들이 나를 도자기 인형 깨듯 다 부숴 버렸는걸. 이젠 쓰레기통에 처박힐 일만 남았지."

"아니야! 전혀 그렇지 않아! 에이미, 그렇게 말하면 안 돼. 그러면 그 악플러들이 원하는 대로 해 주는 거야. 크리스……, 아니, 그 돼지 가면 말이야."

"크리스텡이라고 말해도 돼. 티투앙, 너도 돼지 가면이 크리스텡이라고 생각하는 거지?"

티투앙은 대답 대신 고개를 작게 끄덕였다.

"새로 올라온 영상 봤어? 그 애가 이제는 날 공격해. 네 편을 들었다고 나를 죽도록 미워하나 봐."

"그래, 그렇지만 그게 널 죽이지는 않잖아."

"에이미, 그렇게 말하는 거 별로야. 난 비관적인 거 싫어."

"기후 얘기할 때는 엄청 비관적이던데?"

에이미가 따끔하게 지적했다.

"그래, 맞아. 근데 다음 영상은 엄청나게 긍정적으로 만들 거야."

"무슨 내용인데?"

"아직은 잘 모르겠어. 새로 개발한 연료 이야기를 할 수도 있고. 화석 에너지를 20퍼센트 이상 덜 쓰는 연료거든."

"멋지네."

"아니면 휴대폰 배터리를 충전할 수 있는 실내 자전거 개발에 대해서라든가."

"진짜? 그런 게 있어?"

티투앙이 웃음을 터뜨렸다.

"아니, 방금 지어낸 거야. 낙관적인 생각을 해 보는 거지. 세상에는 살 만한 좋은 이유들이 정말 많으니까."

"진짜 그렇게 생각해?"

에이미는 이렇게 말하고는 잠깐 생각에 잠겼다. 티투앙은 에이미의 표정만 봐도 무슨 말을 하고 싶은지 알 것 같았다.

'넌 어쩜 그렇게 순진하니?'

하지만 에이미는 그렇게 말하지 않았다. 한껏 상처받은 목소리로 이렇게 말했다.

"사람들은 못됐어. 모두 단단히 꼬여 있는 것 같아. 모든 걸 다 파괴해 버려야만 속이 시원한가 봐."

"나도 그렇게 보이니?"

에이미는 티투앙을 물끄러미 바라보다가 어깨를 으쓱했다.

"아니, 넌 친절해."

티투앙은 그 말을 듣고 조금 놀란 나머지, 명치가 따끔거리는 듯한 기분이 들었다. 만약 에이미가 '넌 나약해.'라고 말했다면 별로 놀라지 않았을 텐데…….

잠시 후, 티투앙은 자리에서 일어나면서 그만 가 보겠다고 말하려다가, 얼떨결에 이렇게 말해 버렸다.

"아까 내가 말한 영상, 같이 찍어 볼래? 마침 너는 장비를 다 가지고 있잖아. 무슨 말을 하면 좋을지 생각해 보자. 네 생각은 어때?"

티투앙은 과장되게 팔을 벌리며 열정적으로 말했다. 하지만 에이미의 반응을 보고는 몹시 당황하고 말았다. 에이미가 갑자기 울음을 터뜨렸던 것이다.

티투앙은 영상 편집 작업을 마무리한 다음, 뿌듯한 마음으로 기지개를 켰다. 에이미처럼 화려하게 구상하지는 않았지만, 두 사람은 진심을 담아 함께 영상을 촬영했다.

두 사람이 기울인 노력은 결과물에서 생생히 드러날 것이다. 악플러들이 다시 공격하겠지만, 이 영상에 담긴 메시지를 이해하고 좋아해 줄 사람들도 분명 있을 테니. 바로 그 사람들 덕분에 이 일이 가치가 있는 것 아닌가. 악플러들은 그저 보잘것없는 기생충일 뿐이다.

게다가 에이미와 단둘이 함께한 시간이라니! 티투앙은 아널드와 작업했을 때보다 몇 배는 더 즐거웠다. 그 녀석과는 한 번도 뭔가를 진지하게 해 본 적이 없었다는 생각마저 들었다.

티투앙은 에이미네 집을 나서면서 이렇게 말했다.

"에이미, 다시 시작하는 거야. 알았지?"

에이미는 말없이 고개를 끄덕였다. 에이미 역시 모처럼 좋은 의도를 가지고 학교 친구와 영상 작업을 했다는 사실이 마음에 들었다. 자신을 뒤덮은 슬픔을 걷어 내기에는 부족했지만.

티투앙은 에이미와 인사한 뒤 나비처럼 가벼운 마음으로 발길을 돌렸다. 자전거를 타고 집으로 가는 도중에 삼촌에게서 전화가 왔다. 길가에 자전거를 세운 뒤 거친 숨을 몰아쉬며 전화를 받았다.

"여보세요?"

"안녕, 티투앙. 왜 이렇게 숨이 차?"

"자전거를 타던 중이었어요. 좀 전에 에이미네 집에 다녀왔거든요. 그런데 무슨 일이에요? 잠깐, 말하지 마요. 제가 맞춰 볼게요. 삼촌도 저를 공격하는 그 영상을 봤구나. 그렇죠?"

"그래, 그거 봤어. 그래서 너한테 전화한 거야."

"고마워요. 근데 저, 괜찮아요. 아무 상관 없거든요! 그런 모욕적인 말들은 내 발뒤꿈치에도 닿지 않으니까요."

"다행이네. 그래도 뭔가 확인하고 싶은 게 있어서. 요즘도 그 덩치 큰 친구, 아널드라고 했니? 그 애랑 같이 다녀?"

"아니요, 걔가 크리스텡이랑 친해진 뒤로 좀 멀어졌어요. 걔 얼굴도 사진으로만 본다니까요? 그건 왜요?"

"그렇다면 이해가 간다. 걔가 사는 아파트 이름이 '샤르메트' 맞아?"

티투앙은 얼굴을 찡그렸다. 뭔가 심상치 않은 느낌이 들었다.

"……맞아요. 그건 왜 물어요? 혹시, 저를 공격한 영상을 올린 게 아널드예요?"

"그래, 맞아. 아무래도 그 애랑 이야기를 좀 해야 할 것 같다. 인터넷상에서 무언가를 이야기할 때에는 신중해야 한다는 걸 말해 주는 게 좋겠어. 그 애에게 피해를 입은 사람들이 문제를 해결하기 위해 나선다면, 걔한테도 문제가 생길 수 있다는 사실을 알려 줘야 할 것 같아서. 티투앙, 내가 하는 말이 무슨 뜻인지 알지? 이 일, 점점 심각해지고 있어. 이제는 멈출 때가 됐어."

"삼촌, 고마워요! 제가 알아서 할게요."

"그래, 널 믿는다. 네 엄마 아빠하고도 이미 이야기했어. 곧 그 애 부모님한테 소환장을 보낼 거야. 내 사무실에서 아널드와 그 애 부모님, 너랑 너희 부모님 다 같이 만나게 될 것 같아. 모두 함께 걔가 유튜브에 올린 영상을 볼 거고. 이런 사건은 심한 경우에 법정 싸움으로 번질 수도 있다고 내가 세세하게 설명해 줄 거야. 그럼 그 애도 자기 잘못을 깨닫고 반성을 하겠지."

"좋아요. 그런데…… 그 전에 제가 먼저 아널드랑 얘기를 해 볼게요."

"음, 알았어. 혹시 아널드가 널 때릴 위험은 없는 거지?"

"그럼요. 그렇게 폭력적인 애는 아니에요. 그냥 덩치가 조금 클 뿐이지……."

티투앙은 아무렇지 않은 척하며 통화를 마쳤지만 속으로는 충격을 감출 수가 없었다. 아널드가 그런 더러운 짓을 할 거라고는 상상조차 하지 못했으니까.

티투앙은 아널드의 집 앞에 가만히 서 있었다. 4층까지 단숨에 올라왔기 때문인지 심장이 마구 쿵쾅대었다. 그리고 분노로 온몸이 달달 떨렸다. 크게 심호흡을 한 다음, 곧장 초인종을 눌렀다.

문을 연 사람은 아널드의 엄마였다.

"어머, 티투앙이구나! 어서 와."

"안녕하세요? 갑자기 찾아와서 죄송해요. 그게, 아널드와 꼭 할 얘기가 있어서요."

"죄송하긴, 언제든 와도 돼."

"나 여기 있다!"

집 안쪽에서 쾌활한 목소리가 들렸다. 아널드가 엄마를 옆으로 밀며 현관 앞으로 나왔다. 자기 엄마에게 부정적인 이야기라도 할까 봐 걱정이 되었던 걸까? 아널드는 티투앙을 현관 밖 복도로 데리고 나갔다. 엄마가 집 안으로 들어가고 현관문이 닫히는 걸 확인하고 나서야 티투앙에게 이렇게 물었다.

"야, 괜찮아? 영상 봤어. 오후에 너한테 전화하려고 했는데 시간이 없었어. 미안."

"괜찮냐고? 괜찮을 리가 없지! 너, 오늘 영상 찍을 거 있지 않았어? 오늘 주제는 뭐야? '안녕, 친구들! 오늘은 티투앙에게 이메일을 보내서 테러를 일으키는 게 어때?'"

"야, 무슨 소리를 하는 거야? 머리가 어떻게 된 거 아냐? 내가 뇌절증으로 쓰러지기라도 하길 바라는 거니?"

"뇌졸중이겠지. 그리고 내가 무슨 말을 하는지 너도 잘 알잖아."

티투앙이 아널드의 말을 바로잡으며 대답했다. 그리고 잠시 숨을 고른 다음 화난 목소리로 쏘아붙였다.

"아널드, 너 이 정도로 어리석었어? 더럽고 치사한 것도 모자라서?"

"티투앙, 말조심하는 게 좋을 걸. 나, 화낼 수도 있어. 너, 나한테 상대도 안 되잖아."

"아, 그래. 난 너한테 상대가 안 되지, 멍청한 걸로만 따지자면! 그래도 하나만 물을게. 너, 정말 돼지 가면을 쓰면 아무도 못 알아볼 거라고 생각했어?"

아널드는 그 말을 듣고 탄식하듯 오른손을 들어 이마를 짚었다.

"아, 그래. 알겠어. 너, 에이미에게 뭐라고 지껄인 그 유튜버가 나라고 생각하는 거구나?"

"에이미뿐만이 아니지, 나에게도 그랬잖아. 내가 그걸 어떻게 알았는지 알아?"

"말해 봐, 궁금하네."

"네 IP 주소!"

티투앙은 아파트 복도가 쩌렁쩌렁 울릴 만큼 크게 소리쳤다. 그러자 아널드의 얼굴색이 확 변했다. 저 당혹스러운 표정이라니! 순간, 티투앙은 묘한 쾌감이 느껴졌다.

"표정을 보니 아는 모양이네. 그래, 친구. 그건 인터넷에 접속하는 데

쓰이는 숫자야. SNS에서 사람들을 모욕하고 위협하는 너 같은 멍청이들의 정확한 주소를 알려 주지."

"대체 그걸 어떻게 안 거야? 아, 알겠다. 네 삼촌."

티투앙은 이제 목소리를 낮출 수 없었다.

"그래, 맞아! 내 삼촌! 근데 너, 최근 영상 찍을 때 크리스텡이랑 같이 있었어? 내 유튜브 채널 주소를 들먹이면서 디지털 공격을 시작하라던 그 영상을 말하는 거야."

아널드는 초조한 듯이 발을 빠르게 까딱거렸다. 그러더니 체념한 듯 내뱉었다.

"좋아, 다 말할게."

티투앙은 대답 없이 숨을 깊게 내쉬었다.

"그냥 장난이었어. 좀 심하긴 했지만……. 그리고 그렇게 화내지 마. 너, 안 죽었잖아. 에이미도 안 죽었고! 유튜브도 계속할 수 있을 거야. 〈지구는 나의 집〉 채널 엄청 멋져! 지구 온난화에 대해 고민하는 거, 대단한 일이잖아. 나, 정말로 진지하게 말하는 거야. 내 장난이 널 괴롭게 했다면 그건 미안해. 어쨌거나 그 영상 덕분에 재수 없는 에이미 콧대를 좀 꺾었잖아. 그러니까 그렇게 쓸모없는 행동은 아니지 않아?"

티투앙은 그 말을 듣는 순간, 최소한으로 남아 있는 우정마저 사라지는 기분을 느꼈다. 잠시 동안 어떻게 반응해야 할지 고민했다. 주먹을 날려야 할지, 경멸하는 눈빛을 보내야 할지, 아니면 아널드가 한 행동의 문제점을 일일이 짚어 줘야 할지……. 티투앙은 일단 가장 궁금했던 걸 물어보았다.

"크리스텡이랑 같이 있었냐니깐? 아직 대답 안 했잖아."

"아냐, 맹세해! 그리고 에이미 채널을 박살 내려고 그런 영상을 찍겠다고 생각한 것도 크리스텡이 아니라 나야. 첫 번째 영상은 내 방에서 혼자 찍은 거고. 그러고 나서 크리스텡을 만나러 갔어. 그 영상은 그 애한테 주는 선물 같은 거였어……."

"하, 선물! 그래, 나쁜 인간들은 그런 선물을 주고받나 보지? 악의로 가득 찬 선물 말이야."

"어쨌든 크리스텡은 재미있어했어. 그렇지만 걔도 내가 영상을 올린 건 몰랐어. 크리스텡이 뒤돌아 있을 때, 걔 컴퓨터에 영상을 옮겨서 올린 거였거든. 처음엔 크리스텡도 화를 냈는데, 나중에 에이미한테 창피를 당하고 나니까 오히려 나한테 고마워하더라. 영상을 하루에 하나씩 업로드해 달라고 부탁까지 했다니까?"

아널드의 목소리는 점점 더 뻔뻔해지고 당당해졌다.

"자, 이게 다야. 이제 속이 시원해? 아이고, 제 죄를 고백합니다. 죄가 사해졌나요, 형제님? 티투앙, 표정 좀 풀어! 이제 관둘게. 약속해. 대신에 한 가지 조건이 있어. 아무한테도 말하면 안 돼. 만약에 내가 그랬다고 말하면, 돼지 가면보다 더 흉측하게 네 얼굴을 망가뜨려 버릴 거야. 알겠어?"

티투앙은 분노로 얼어붙은 나머지, 그만 할 말을 잃고 말았다. 얼마 전에 뉴스에서 본, 자신보다 약한 학생을 고통스럽게 괴롭힌 중학생들이 떠올랐다. 그 학생들은 이렇게 변명했다.

"그냥 재미로 그런 거였어요."

재미라니! 당하는 사람은 전혀 재미있지 않은데!

티투앙은 아무 대답도 하지 않은 채 곧장 뒤로 돌아 계단을 내려갔다. 아널드는 티투앙을 붙잡지 않았다. 별일 아니라는 듯한 표정으로 어깨를 한번 으쓱하고는 현관문을 닫고 들어갔다. 자신이 학교의 수치가 될 수도 있다는 사실을 겁내는 기색조차 없었다.

이제 그만, 안녕

티투앙은 집에 돌아와서도 영 분이 풀리지 않았다. 사실 아널드를 신고할 생각은 없었다. 하지만 아널드처럼 SNS에서 누군가를 함부로 공격하고, 재미 삼아 악담을 퍼붓는 이들을 상대로 뭔가 행동을 해야겠다고 결심했다. 무책임한 데다 인성까지 상실한 듯한 사람들……. 그건 장난이라는 말로 간단히 설명할 수 없는 아주 끔찍한 행동이었다.

자연의 먹이 사슬에서 상위 동물이 하위 동물을 공격하는 건 당연한 일이다. 생존 본능이니까. 하지만 이건 사람과 사람 사이에서 일어난 문제였다. 자연의 질서에는 결코 존재하지 않는, 이유 없는 잔인함과 사악함이 빚어낸 비극이었다.

티투앙은 갑자기 이 모든 생각을 글로 적고 싶은 마음이 들었다. 곧바로 책상 앞에 앉아 글을 써 내려가기 시작했다.

30분 만에 공책 한 페이지를 가득 채웠다. 티투앙은 뿌듯한 마음으로 글을 다시 한번 읽어 내려갔다. 물론 이 글이 세상을 바꾸지는 못할 것이다. 특히 아널드가 이 글을 읽는다 해도 양심의 가책 같은 건 느끼지도 않을 테지만…….

'자, 한번 읽어 보고 촬영하자.'

티투앙은 연설 초안과 환경 보호 유튜브 채널의 사명감을 연결해야 한다는 사실을 잊지 않았다. 연결 고리가 되는 말은 바로 책임감이었다. 지구 온난화와 환경 오염, 생물의 다양성에 대해 말할 때, 지구에 거주하는 모든 사람이 가져야 할 책임감을 언급하지 않는다면 무슨 말을 할 수 있을까?

티투앙은 큰 목소리로 자신이 쓴 글을 읽어 보았다. 그때 휴대폰에서 문자 메시지 알림음이 울렸다. 티투앙은 분명 아널드일 거라고 생각하면서 눈썹을 찡그리며 화면을 클릭했다.

그런데 뜻밖에도 메시지의 주인공은 에이미였다.

"에이미!"

티투앙은 환해진 얼굴로 메시지를 확인했다.

에이미

티투앙, 떠나기 전에 오늘 고마웠다고 얘기해 주고 싶어서. 넌 정말 멋진 친구야. 하지만 너를 뺀 나머지 세상은 날 너무나 절망하게 만들어. 여기엔 내가 있을 자리가 없어. 영원히 안녕.

"…… 영원히 안녕?"

이게 무슨 소리일까? 어디로 떠난다는 거지? 오늘 오후까지만 해도 에이미는 전학이나 여행 같은 얘기는 하지 않았다. 잠깐만, 설마……. 어떤 불길한 예감이 티투앙의 심장을 조여 왔다. 티투앙은 재빨리 답장을 보냈다.

티투앙

안녕, 에이미? 메시지 보내 줘서 고마워. 나도 오늘 정말 재미있었어. 근데 '떠나기 전에'라니, 무슨 뜻이야? 어디로 떠나는데? 대답해 줘. 너, 전학 가는 건 아니지?

티투앙은 침대에 걸터앉은 채 오른손에 쥔 휴대폰을 뚫어져라 바라보았다. 몇 분이 지나도록 답장이 오지 않자 더 기다리지 못하고 전화를 걸었다. 하지만 에이미는 전화를 받지 않았다. 여러 번 반복해서 걸어 보았지만 감감무소식이었다. 티투앙은 초조한 마음으로 자리에서 일어났다. 방 안을 서성거리다가 에이미에게 음성 메시지를 남겼다.

"에이미, 나 티투앙이야. 전화 좀 해 줄래? 네가 걱정돼서 그래."

머릿속에는 '떠나기 전에'와 '영원히 안녕'이란 말이 계속 맴돌았다. 요즘 애들끼리는 절대 쓰지 않는 말이었다. 같은 반이거나 거의 매일 얼굴을 보는 사이라면 더더욱.

불안한 마음은 점점 커져 걱정으로 바뀌었다. 에이미는 지금 한계에 다다른 상태였다. 애써 숨기고 있었지만 역력히 티가 났다. 어쩌면 에이미에게 이번 일을 끝낸다는 게, 인생을 끝내 버린다는 뜻일까? 에이미는 문자에 '세상은 날 절망하게 만들어.'라고 썼다. 이건 그냥 넘겨 버릴 말이 아니었다.

만약 이 메시지가 티투앙에게 무의식적으로 보내는 도움 요청이라면? 에이미도 마음속 깊은 곳에서는 이번 일을 끝내기 위해 죽고 싶은 마음은 전혀 없을 테니까.

티투앙은 지금 시각을 확인했다. 오후 6시 45분. 창밖을 보니 비가 내리고 있었다. 해가 지고 있어 하늘은 어둑어둑했다. 도시에 음산한 땅거미가 드리웠다. 날씨는 으슬으슬했다. 경찰에 신고해야 할까? 학교에 연락해야 할까? 에이미 집에 뛰어가 볼까? 티투앙은 어떻게 해야 할지 몰라 혼란스러웠다. 우선 학교 비상 연락망을 뒤져서 에이미 집에 전화를 걸어 보았다.

"여보세요?"

"안녕하세요? 저는 에이미랑 같은 반 친구인 티투앙이라고 하는데요……."

"티투앙이구나! 알지. 그런데 이따가 전화해야겠다. 에이미가 조금 전에 외출했거든."

"그래요? 어디를 갔어요?"

"근처에 사시는 할머니를 보러 갔어. 아마 한 시간 내로 돌아올 거야. 에이미한테 전할 말 있니? 아니면 에이미 휴대폰으로 전화해 봐. 번호 알지?"

"네……, 알겠어요. 감사합니다."

티투앙은 다급히 전화를 끊었다. 이건 분명 긴급 상황이다! 티투앙은 눈을 질끈 감고 생각에 잠겼다.

'침착하자. 만약 에이미가 정말 죽고 싶은 거라면……, 지금 어디로 갔을까?'

티투앙의 머릿속에 한 장소가 번뜩 떠올랐다. 운하! 에이미의 집과 학교 사이에는 큰 운하가 있었고, 그 위에 육교가 놓여 있었다. 에이미는 늘 그 육교를 건너서 등교했다. 더 이상 망설일 시간이 없었다. 티투앙은 서둘러 옷장에서 외투를 꺼내 입은 다음, 운동화에 발을 욱여넣으며 거실 쪽을 향해 소리쳤다.

"에이미 집에 뭘 좀 두고 왔어요! 다녀올게요!"

"그래!"

거실에 있던 아빠가 티투앙처럼 큰 소리로 대답했다.

티투앙은 건물 계단을 성큼성큼 뛰어 내려가며 아널드에게 문자 메시지를 보냈다. 지금 당장 운하로 나오라는 내용이었다. 이건 티투앙의 걱정을 같이 나누려는 것도 아니고, 아널드의 죄책감을 불러일으키려는 것도 아니었다.

티투앙의 직감이 맞다면, 아널드의 수영 실력이 필요했다.

육교 아래에서

티투앙은 다리가 보이지 않을 만큼 빠르게 페달을 밟아 운하 위 육교가 보이는 곳에 도착했다. 어둑어둑한 하늘에는 안개가 자욱하게 낀 데다 비까지 추적추적 내렸다. 그 때문인지 아치 모양의 육교가 몹시 을씨년스러워 보였다. 에이미는 물론 지나가는 사람이 한 명도 눈에 보이지 않았다. 좋은 징조가 아니었다.

티투앙은 나무 앞에 자전거를 세웠다. 숨을 고르며 주위를 살펴본 다음, 천천히 육교 위로 올라갔다. 코끝에 맺혀 있던 물방울이 발등으로 똑 떨어졌다. 목 뒤로 차가운 물방울이 흘러 들어가자 오소소 소름이 돋았다. 너무 다급하게 나온 나머지, 외투에 달린 모자를 쓸 생각조차 하지 못했다.

"아무도 없네……."

육교 위에는 사람 한 명 서 있지 않았다. 에이미가 죽으려는 장소가 여기가 아닌 걸까? 아니면, 이미 늦어 버린 걸까? 그러다 문득 자신이 너무 오버하고 있는 건 아닌가, 하는 생각이 들기 시작했다. 여기로 오기 전에 에이미 할머니네 집에 먼저 들러 보는 건데……. 아니, 사실은 그것도 아니었다.

부끄럽지만, 티투앙은 스스로 인정해야 했다. 물에 빠져 목숨이 위태로운 에이미를 극적으로 구해 내 영웅이 되고 싶었던 것이다. 그리고 그걸 계기로 에이미가 자신을 '같은 반 평범한 남자애'가 아닌 조금 다른 존재로 봐 주길 바랐다. 어쩌면 에이미가 티투앙을 좋아하게 될지도 모르고…….

티투앙은 잠시 에이미와 손을 잡고 육교를 걷는 황홀한 상상에 빠졌다. 둘이 함께 육교를 건너 등교를 하고, 또 저 아래에서 산책도 하고……. 잠깐만, 육교 아래?

"아래!"

자살을 하기에는 육교 위만 좋은 장소가 아니었다. 아래도 충분히 위험한 장소였다! 티투앙은 재빠르게 육교 아래로 뛰어내린 다음, 콘크리트로 되어 있는 수로 가장자리에 다다랐다. 육교 밑은 그늘이 져 온통 깜깜했지만, 티투앙은 곧 주황색 가로등 불빛 안쪽에 또렷이 드러나 있는 그림자를 발견했다.

"에이미!"

에이미가 화들짝 놀라 티투앙 쪽으로 고개를 휙 돌렸다.

"날 그냥 내버려 둬! 저리 가!"

티투앙은 침을 꿀꺽 삼켰다.

'천천히 다가가야 해. 절대로 놀라게 해선 안 돼.'

에이미가 돌연 물속으로 뛰어들기라도 한다면……. 티투앙은 에이미를 물 밖으로 무사히 꺼낼 자신이 없었다.

"알았어. 그냥 내버려 둘게. 그 전에 나랑 잠깐 얘기 좀 해."

"너한테 할 말 없어!"

"난 있어. 오늘 밤을 꼬박 샐 수 있을 만큼 아주 많아."

티투앙은 긴장된 마음을 숨긴 채 애써 밝은 목소리로 대답했다. 에이미가 자신과 대화를 하고 싶도록 만들어야 했다. 뭔가 궁금해할 만한 이야깃거리를 던져야 했다. 에이미가 자신의 불행을 잊을 수 있게 만드는 강력하고 진실된 것……. 티투앙은 혼자서 마음에 품고만 있었던 말을 꺼내기로 결심했다.

"에이미, 너한테 내 비밀을 하나 말해 주고 싶어. 이건 너한테 한 번도 한 적 없는 이야기야."

티투앙은 에이미의 주의를 끌기 위해 아주 천천히 시간을 끌며 말했다. 그러면서 조금씩 에이미에게 다가갔다.

“나, 사랑에 빠졌어. 바로 너한테! 이렇게 말하는 거, 정말 웃기다는 거 나도 알아. 나이 든 사람들이나 이런 표현을 쓰잖아. 아, 아널드라면 이렇게 말했을 텐데! ‘널 좋아해. 널 심하게 아껴!’”

그러자 에이미가 고개를 끄덕였다. 그리고 활짝 웃었다!

“근데 난 아널드가 아니라서 말이야. 아, 맞다. 아널드 얘기가 나와서 말인데, 그 애에 대해서 해 줄 말이 있어. 이건 좀 흥미로운 얘기야! 그러니까 이쪽으로 올래? 네가 그렇게 물가에 가까이 서 있는 걸 보니까 내 마음이 불안해서 그래.”

에이미가 다시 한번 티투앙 쪽으로 고개를 돌렸다. 어두워서 잘 보이지 않았지만 미소를 짓고 있는 것 같았다. 승산이 있다! 티투앙은 마음속으로 뛸 듯이 기뻤다. 하지만 그런 기색은 애써 숨기고 조심스레 손을 뻗었다. 그때 에이미가 나지막이 말했다.

“고마워, 티투앙. 항상 널 지켜 줄게. 넌 그럴 자격이 있어.”

티투앙이 겁에 질려 눈을 크게 떴다. 에이미의 실루엣이 크게 움직였다……. 첨벙!

“아, 안 돼!”

티투앙은 소리를 질렀다. 물 위로 물거품이 부글부글 올라왔다. 다시 떠오를까? 그렇게 쉽게 가라앉을 리가 없는데……. 그런데 만약 주머니에 돌을 채워 넣었다면? 그렇다면 얘기가 달라진다.

"에이미, 에이미! 으악! 이제 어떡하지?"

티투앙은 머리칼을 쥐어뜯었다. 주변을 둘러보았지만 도움을 요청할 만한 사람이 없었다. 게다가 여긴 주택가도 아니었다. 아무리 소리를 질러 본다 해도 소용없을 터였다. 도와줄 사람을 찾으러 가는 것도 무의미했다. 그 사이에 에이미는 죽을 게 분명했다. 티투앙은 서둘러 옷을 벗었다. 자신이 들어가야만 했다. 운동화까지 벗어 던진 다음, 심호흡도 건너뛴 채 물속으로 황급히 뛰어들었다.

"야, 티투앙! 너, 뭐 하는 거야?"

바로 그때, 아널드가 육교 아래로 펄쩍 뛰어내렸다. 수로 가장자리에 바짝 붙어 앉아 티투앙을 향해 손을 뻗었다.

"내 손 잡아! 얼른!"

"에이미, 에이미가 물에 빠졌어!"

티투앙이 꾸르륵거리며 간신히 말했다. 그러고는 다시 물속으로 들어가 모습을 감췄다.

"멍청한 녀석!"

아널드가 소리를 냅다 질렀다. 자신도 얼른 물속으로 뛰어들어야 한다는 생각이 들었다. 저 시커먼 물, 분명 얼음장처럼 차가울 텐데…….
게다가 혼자서 두 명을 건져 내기란 쉽지 않은 일이었다. 한 명씩이라면 모를까…….

“티투앙, 위험해! 얼른 올라와! 아아, 말도 안 돼.”

아널드는 자신에게 선택의 여지가 없음을 깨닫고 자리에서 일어섰다. 둑 위에 던져진 티투앙의 옷 위에 자신의 옷을 벗어 둔 다음, 물속으로 뛰어들 준비를 했다. 그때 티투앙의 머리가 수면 위로 올라왔다!

“도와줘! 아널드!”

티투앙은 한쪽 팔에 에이미를 끼운 채 간신히 붙잡고 있었다. 아널드가 손을 뻗어 에이미의 겨드랑이 아래쪽을 움켜잡았다.

“됐어, 잡았어!”

그리고 무거운 신음 소리와 함께 에이미를 단번에 땅 위로 끌어올렸다. 아널드는 곧바로 에이미의 코 아래에 손을 대 보았다.

“티투앙! 에이미가 숨을 안 쉬어!”

아널드는 물가에 매달려 있는 티투앙에게 침통한 눈빛을 보냈다.

“인공호흡을 해! 심장 마사지도! 할 줄 알지?”

“어……, 어! 기초적인 응급 처지만, 대충!”

아널드는 일단 에이미를 질질 끌어 그늘 밖으로 나갔다. 그리고 영화나 드라마에서 봤던 장면을 기억해 내 심장 마사지를 하기 시작했다. 인공호흡도 여러 번 반복했다. 일 분 일 초가 거북이가 기어가는 것처럼 느리게 흐르는 듯했다. 얼마간의 시간이 지나자…….

“콜록콜록!”

에이미가 숨을 헐떡이다가 아널드 얼굴에 물을 내뿜었다. 폐 안으로 들어갔던 물이 드디어 나온 것이다! 아널드는 긴장이 풀려 땅바닥에 털썩 주저앉았다. 그러고 나서 얼굴을 닦으며 안도의 웃음을 터뜨렸다.

“와, 살았다! 야, 너 때문에 우리 진짜 겁먹었다고. 티투앙, 이제 됐어! 내가 에이미를 구했다고! 티투앙, 티투앙?”

티투앙은 대답이 없었다. 아널드는 다시 일어나 물가로 다가갔다.

“티투앙? 너, 지금 장난치는 거야? 하나도 재미없어.”

아널드는 주위를 빙 둘러보았다. 물 위에도, 땅 위에도 티투앙은 없었다. 시커먼 물 위로 물방울 하나가 톡 터졌다.

“말도 안 돼.”

아널드가 나지막이 중얼거렸다. 이건 말이 안 된다. 손에 잡은 것을 놓치고 바로 가라앉을 수는 없었다. 혹시나 기절을 한 게 아니라면 말이다. 기절이라니……. 아널드는 물속에 팔을 넣었다. 얼음처럼 차가웠다. 충분히 기절할 수 있는 온도였다.

“티투앙! 제발, 나한테 이러지 마. 티투앙!”

의식이 반쯤 돌아온 에이미는 몽롱한 상태에서 팔꿈치로 바닥을 짚고 몸을 일으켰다. 자신을 살려 낸 남자애가 물속으로 뛰어드는 모습을 보았다. 그리고 다시 정신을 잃었다.

전쟁의 끝에는

목요일 아침, 학교는 조용했다. 3학년 남학생의 사망 소식이 학교 안을 무겁게 휩쓸었다.

이 소식은 SNS를 통해 빠르게 퍼졌고, 8시 뉴스에도 보도되었다. 이 사건은 상상을 초월하는 파장을 불러일으켰다. 기사를 보도하는 기자는 침통한 얼굴로 이렇게 말했다.

"열여섯 살의 한 남학생이 인터넷에서 익명의 악플러들에게 공격을 받고 힘들어한 나머지 자살을 시도하던 여자 동급생을 구하려다가 익사하는 사건이 발생했습니다. 이 사건은 유튜브 세계에서 벌어지는 일부 무자비한 행동들에 경종을 일으키는 비극입니다."

학교에는 터무니없는 소문들이 돌았다. 학생들이 여기저기서 수군거렸다.

“살인일지도 몰라.”

“육교 아래에서 그 여자애를 두고 둘이 싸웠대.”

“사실은 에이미가 전부 꾸민 일인 거 아냐?”

가끔은 목소리가 높아지기도 했지만 금방 가라앉아 버렸다. 다행히 시끄러운 소란이나 싸움으로 번지지는 않았다. 문득 누군가가 물었다.

“근데 너희들, 크리스텡 봤어?”

“레아가 그러는데, 오늘 학교 안 온대. 어쩌면 앞으로도 쭉. 그 애 마음도 이해는 된다.”

교장 선생님은 교내 방송을 통해, 이번 사건으로 충격을 받았을 학생들을 위해 심리 상담실을 설치할 것이라고 알렸다. 그리고 원하는 사람은 누구든지 오전부터 상담을 받을 수 있다는 말도 덧붙였다.

“내가 제일 먼저 상담을 받아야 할 것 같네요.”

방송을 마친 교장 선생님이 생활 지도 부장 선생님에게 말했다.

“저는 그다음으로요.”

생활 지도 부장 선생님이 대꾸했다.

“교장 선생님, 이제 어떻게 하실 생각이세요?”

“교실마다 직접 들어가 볼까 생각 중이에요. 아니면 각 반 담임 선생님들에게 아이들과 이번 비극에 대해 차분하게 이야기하는 시간을 가지라고 부탁을 하든가요. 또, 학생들이 진심 어린 마음으로 생각해 볼 수 있는 기회를 만들어 봐야 하지 않나 싶기도 해요."

"예를 들면요?"

"전교생을 강당에 모이게 한 다음에 무슨 일이 있었는지 이야기해 주고, 다시는 그런 일이 벌어지지 않게 하는 거죠."

"에이미 학생이 참석하려고 할까요? 그 애의 의사가 가장 중요할 것 같네요."

"부디 참석해 주길 바라야죠."

"그리고…… 그 애를 물에서 구조한 학생은요?"

교장 선생님은 대답 대신 생활 지도 부장 선생님을 바라보며 작게 고개를 끄덕였다. 교직에 오랫동안 몸담아 왔지만 이런 시련은 처음이었다. 마음이 돌덩이처럼 무거웠다.

사건이 일어난 후 나흘이 지났다.

경찰의 조사로 밝혀진 사실은 훨씬 더 놀라웠다. 파국을 불러온 이번 사건, 즉 언론에서 '유튜버 전쟁'이라 이름 붙인 이번 일의 가해자는 다름 아닌 피해자의 같은 반 친구인 아널드 카르틀랭이었다. 아널드 혼자서 〈#머저리들에게_질렀다〉 유튜브 채널을 만들었고, 에이미를 저격하는 영상을 촬영해 퍼뜨렸다. 에이미와 크리스텡의 갈등을 이용해 악행을 저지른 것이다.

아널드는 이렇게 변명했다.

"그냥 장난삼아 했던 거예요."

어쩌면 그런 방법이 크리스텡의 마음을 얻는 데 효과적이라고 생각했을지도 모른다.

이 일에 관해서 교장 선생님은 이렇게 인터뷰를 했다.

"우리 학교에서 발생한 이 일은, 디지털 시대를 이룩했다고 말하는 이 세상 곳곳에서 벌어지고 있습니다. 특히 인터넷 정글 안에서는 이런 잔인한 행동들이 아무런 규제 없이 시시때때로 일어납니다."

9시 정각, 학생들로 가득 찬 강당의 단상에 교장 선생님이 모습을 드러냈다.

교장 선생님은 수백 명의 얼굴을 찬찬히 살폈다. 대부분 무거운 표정이었으나, 히죽거리는 학생들도 더러 있었다. 크리스텡을 제외하고 모두가 그 자리에 있었다. 시선을 아래로 떨구고 있는 에이미도 보였다.

교장 선생님은 호흡을 가다듬었다. 떨리는 손으로 마이크를 잡았다. 조용히 해 달라는 말을 하지 않았지만, 강당 안은 이미 쥐 죽은 듯 고요했다.

"사랑하는 학생 여러분……."

말을 더 잇지 못하고 마른기침을 했다. 오늘 연설을 잘 마무리할 수 있을까? 교장 선생님은 숨을 크게 내쉬고는 찬찬히 말을 이었다.

"미안합니다. 나는 여러분이 최근 우리에게 일어난 크나큰 사건에 대해 충분히 이해할 만큼 성숙하다고 생각합니다. 지금 여러분에게 글을 한 편 읽어 주려고 합니다. 어제 티투앙의 어머니께서 전해 주신 글인데요……."

교장 선생님은 목이 멘 나머지 문장을 채 끝내지도 못했다. 누군가 물을 한 잔 가져다주었다.

"이 메시지는 우리 모두에게 전하는 이야기입니다. 제목은 '넌 거울을 보면 뭐가 보여?'입니다. 이 글은 티투앙 르고에네크 학생이 유튜브에 업로드할 영상의 내용을 글로 적어 둔 것입니다."

에이미는 고개를 번쩍 들었다. 온 마음을 다해 그 이야기를 듣고 싶었다. 반면에 아널드는 눈을 질끈 감은 채 고개를 푹 숙였다. 교장 선생님은 숨을 크게 한 번 들이쉰 다음, 진중한 목소리로 글을 읽어 나갔다.

"넌 거울을 보면 뭐가 보여? 동물은 아닐 거라고 생각하는데. 만약 동물이 맞다면, 너는 네 깊은 본성을 잘 알고 있는 거겠지.

우리, 그냥 한 인간이 보인다고 치자. 인간이 동물과 다른 점이 뭘까? 난 인간에게 훨씬 더 많은 가능성이 있다고 생각해. 인간은 많은 것을 만들어 내고 있잖아. 집을 짓고, 다리를 건설하고, 전기 자동차를 만들어. 우주를 탐험하는 로켓도 만들고, 멀리서도 연락을 주고받을 수 있는 휴대폰도 만들었지. 게다가 인간은 자신의 고통 외에 다른 존재의 고통까지 느낄 수 있어. 그래서 의사, 인도주의자, 예술가, 그리고 많은 인간들이 행복하고 안락한 삶을 살기 위해서 끊임없이 연구하고 노력하는 거야.

정반대의 행동을 하는 인간들도 있어. 낭비하고, 파괴하고, 훔치고, 타인의 고통을 완전히 외면하지. 어떤 인간들은 원형 경기장에서 동물들이 고통받는 모습을 보거나, 중학교 운동장에서 자신보다 약해 보이는 애들을 괴롭히면서 즐거워해. 나도 그런 사람을 한 명 알고 있어. 유튜브를 이용해서 죄 없는 여자애의 꿈을 짓밟았지. 그런데 그냥 재미로 한 거래. 그 여자애가 마음에 안 들어서. 나는 그 인간을 유튜버 살인마라고 불러. 그건 살인과 마찬가지니까.

가끔씩 나는 궁금해져. 공공장소에 폭탄을 던지거나 관광객을 납치해 참수하는 테러리스트들과, 온라인상에서 누군가를 저격하고 괴롭히는 사람들 사이에 차이점이 무엇인지……. 내가 발견한 유일한 차이점은, 후자인 사람들은 피해자들을 육체적으로 죽이지는 않는다는 거야. 오직 그뿐이지.

그 유튜버 살인마는 모욕과 조롱을 일삼고, 디지털 살인을 부추기며 즐거워해. 하지만 용감하지는 못해서 익명으로 나서지. 가면으로 얼굴을 가리고 가명으로 이름을 감춰. 그렇게 하면 자신은 아무도 아니고, 자신의 공격으로 인한 피해가 밝혀져도 부끄럽지 않을 수 있거든.

그러니 내 말 잘 들어! 이름도 얼굴도 없는 유튜버 살인마야. 나는 지금 바로 너한테 말하고 있어. 거울로 네 모습을 봐. 그리고 뭐가 보이는지 큰 소리로 말해 볼래? 넌 어떤 종류의 인간에 속하니? 너를 자랑스럽게 만드는 건 뭐야? 이제 마지막 질문. 만약 네가 커서 아이를 갖게 된다면, 네 아이들이 너를 어떻게 생각했으면 좋겠어?

나는 거울을 보면 뭐가 보이냐고? 자기가 살고 있는 집의 미래를 걱정하는 한 아이가 보여. 그 걱정을 함께할 친구가 한 명 있었어. 아니, 사실은 친구 이상이었지. 형제나 다름없었으니까. 그런데 그 애는 지구의 미래에 관심이 없더라. 지구 온난화가 계속되어 빙하가 녹으면, 날이 따뜻하고 바다가 많이 생기니까 해변에서 더 오래 놀 수 있어서 좋지 않겠느냐고 했지. 동물에 대해서도 신경을 안 써. 고기가 고기이기 전에 살아 있는 생명이었다는 사실조차 생각하지 않아. 그저 먹어 치우기에만 바쁘거든.

바로 너, 지금 거울로 네 모습을 봐. 그리고 나한테 말해 줘. 대답은 이 영상에 댓글로 남겨 줘도 돼. 실명으로 남긴다면 더 좋고. 내 이름은 티투앙 르고에네크야. 난 열여섯 살이고, 미래에 내 아이들이 나를 자랑스러워하길 바라. 그리고 난 내가 할 수 있는 모든 노력을 다해서, 그 아이들에게 쓰레기통이 아닌 진짜 집을 남겨 주기 위해 노력할 거야.

왜냐하면, 지구는 바로 나의 집이니까!"

교장 선생님은 숨을 가쁘게 내쉬었다. 손으로 열심히 써 내려간 가느다란 글씨들에서 눈을 뗄 수가 없었다. 바로 그때, 맨 앞줄에 앉아 있던 키 큰 남학생이 벌떡 일어나 밖으로 뛰쳐나갔다. 교장 선생님은 그 뒷모습을 물끄러미 바라보았다.

'아널드가 지금 마음속의 거울로 자기 모습을 본 걸까?'

유튜버 전쟁

첫판 1쇄 펴낸날 2021년 4월 9일
4쇄 펴낸날 2022년 5월 20일

지은이 아르튀르 테노르 **옮긴이** 김자연
펴낸이 박창희
편집 김수진 **디자인** 정진희
마케팅 최창호 **회계** 양여진

펴낸곳 (주)라임
출판등록 2013년 8월 8일 제2013-000091호
주소 경기도 파주시 심학산로 10, 우편번호 10881
전화 031) 955-9020, 9021 **팩스** 031) 955-9022
이메일 lime@limebook.co.kr **인스타그램** @lime_pub

ISBN 979-11-89208-74-5 44860
979-11-951893-0-4 (세트)

* 잘못된 책은 구입하신 서점에서 바꾸어 드립니다.
* 본서의 반품 기한은 2027년 5월 31일까지입니다.